10일 안에

쓰고

100일 동안

고친다

10일 안에
쓰고
100일 동안
고친다

딱!
10일 만에
초고를
쓰는 힘

추교진 지음

바이북스
ByBooks

우선 미안하다는 말을 하고 싶다. 이 책은 앞에서 '10일 안에 쓰기'라는 문구로 당신을 유혹했다. '10일 동안 몰입해서 쓴다면 가능하다는 말인가?' 결론부터 말하면 책은 10일 만에 완성될 수 없다. 그럼에도 불구하고 당신을 헷갈리게 했고 지금도 이 책의 서문을 읽게 만들고 있다. 독자를 유혹하고 힘 있는 제목을 만들어야 한다는 책 쓰기의 오래된 원칙을 생각하다 보니 '10일 안에 쓰기'라는 문구를 쓰게 됐다.

책 쓰기 붐이라고 해도 과언이 아닐 정도로 많은 사람들이 자신의 책을 쓰려고 도전하고 있다. 예전과 달리 책 쓰기의 벽은 낮아졌다. 누구라도 마음만 먹으면 작가가 될 수 있는 세상이 되었고 책을 이용해 셀프마케팅 하는 시대를 살고 있다. 4차 산업혁명이고 문화와 콘텐츠의 시대다. 더불어 쉴 새

없이 발전과 변화를 거듭하고 있다. 이 변화의 흐름은 앞으로도 더욱 거세어질 게 분명하다.

안타까운 점은 급변하는 흐름 안에서 글을 쓰며 생각하는 경험은 점차 줄어들고 있다. 첨단 시대를 살아가는 우리들이지만 기껏해야 이메일, 문자 메신저로 '쓰기'를 대신하고 있다. 이런 상황 속에서 기업이나 사회는 개인의 글 쓰는 능력을 강조하는 아이러니한 현재를 살아가고 있다. 자신의 생각을 글로 표현하는 일을 중요하게 보고 있다는 것이다.

문명의 혜택을 누리는 것은 당연하지만 글을 쓰며 깊게 생각할 수 있는 시간과 경험이 점차 줄어들고 있다.

지금 글을 쓰고 있는가? 문화와 콘텐츠의 시대에 당신은 책을 쓰고 있는가?

긴 호흡을 가지고 써야 하는 책이기에 만만치 않다고 말한다. 사실이다. 처음 책을 쓰는 사람에겐 부담이 클 수밖에 없다. 그러다 보니 많은 사람들이 원고를 완성하지 못해 책 쓰기를 포기한다. 더 정확히 말하자면 초고가 만들어지지 않아 책을 쓰지 못하고 포기한다.

마라톤을 뛰어본 사람은 안다. 장거리를 혼자 외롭게 뛰기보다 비록 순위권 밖이지만 여럿이 함께 뛰는 선수들이 덜 지치고 외롭지 않다는 사실을. 더욱이 완주에 의미를 둔 사람들에게는 그 의미가 훨씬 크다. 이 책은 당신의 책 쓰기 과정에서 마지막까지 다독이며 함께 뛰는 **페이스메이커**pace-maker다.

책을 쓰는 과정에서 오는 좌절, 자기 의심과 불안, 때에 따라 오는 수많은 감정 기복 가운데 당신을 다독이는 책이다. 또 과정의 피날레를 함께 느낄 수 있도록 돕는 페이스메이커다.

예전처럼 특별한 경험과 능력이 있어야 글을 쓸 수 있고 작가가 되는 세상이 아니다. 수단과 방법만을 말하며 상술만을 고집하는 얄팍한 책들도 쏟아져 나오고 있지만 정작 써보지 않는다면 무슨 소용이란 말인가. 나는 더욱 많은 사람들이 글을 쓰고 책을 쓰기 바란다.

이 책 《10일 안에 쓰고 100일 동안 고친다》는 원고를 쓰는 데 자신 없는 사람과 반드시 출간을 목표로 하는 사람을 위해 만들었고 마음이 급한 사람이라면 이 책의 목차 4교시부터 읽기를 추천한다.

딱! 10일이다. 열흘만 책을 쓰는데 모든 시간을 집중해 투자하길 바란다.

10일은 책의 원고를 말하는 게 아니다. 원고가 되는 초고를 말한다. 누구나 10일간의 몰입이면 초고는 충분히 가능하다. 그동안 책 쓰기 개인 레슨으로 얻은 축적된 정보니 믿어도 좋다. 자신의 책을 쓰는 일이 1년, 5년 또는 평생에 걸쳐이뤄내야 할 일이 결코 아니다.

이 책은 소설이나 실용문, 논설문도 아니다. 또한, 이 책이 책 쓰기의 모든 것이라고 할 수 없다. 그러나 가지고 있는 것을 꿰어 보배로 만들도록 도울 것이며, 당신의 책 쓰기에 기준이 될 것이다.

　당신의 책. 지금이 아니면 언제겠는가. 이제 당신 책을 가
져라.

차례

1교시 — 오리엔테이션 ————————————

나는 오늘 책을 쓰기로 했습니다

4교시 — 쓰기 ───────────────

요일별 텐 코어(10 CORE)

1교시
오리엔테이션

나는 오늘
책을
쓰기로 했습니다

뻔뻔한 시작

뻔뻔하고 용기 있게 써라.

이것이 당신의 책을 쓰는 핵심 코어다.

나는 천국의 문 앞에 서 있는 상상을 해본다.

성 베드로가 질문지를 꺼내어 중대한 질문을 던진다.

"당신을 여기로 들여보내야 하는 이유가 있다면 그게 무엇인가?"

나는 이렇게 대답한다.

"사람들을 설득해서 글을 쓰게 했습니다."

그러자 거대한 문이 활짝 열린다.

– 《나를 치유하는 글쓰기》 중에서

서문에서 언급했듯 많은 사람들이 자신의 이름이 들어간

책을 쓰고 싶어 한다. 지금도 어디선가 자신의 원고를 쓰고 있는 수많은 사람들이 있다. 또 다른 누군가는 책 쓰기를 올해의 계획으로 세웠거나 버킷리스트를 만들어 평생에 한 번은 꼭 쓰겠다는 다짐을 한다.

도대체 뭐가 좋아서 많은 사람들이 시간이 흘러도 책에 대한 미련을 버리지 못하고 있는 걸까? 책의 매력이 뭐길래?

자신만의 책을 썼을 때 매력은 크게 네 가지로 구분할 수 있다.

첫째, 자기 성찰이다.

성찰이라는 단어의 의미를 찾아보면 자신을 되돌아보고 깊이 반성한다는 뜻이다. 책을 집필하게 되면 자신을 들여다 볼 수 있는 시간을 갖게 된다. 아무도 모르고 나만 아는 치부를 용기 내어 바라보는 시간 말이다.

많은 사람들이 바쁘다는 핑계로 또는 귀찮아서 자신을 들여다볼 시간을 제대로 갖지 못하고 있다. 책을 쓰면 자신의 부족함을 바라보게 될 뿐만이 아니라, 잘하고 못하는 것을 바라보게 된다. 무엇을 좋아하고, 싫어하는지 그래서 나는 어떤 사람인지를 알아가는 귀한 시간을 갖게 한다. 단언컨대 책을 쓸 때만큼 자신을 오래 들여다보는 시간을 갖게 만드는 도구는 없다. 책을 쓴다는 것 자체가 새로운 도약이며 자기 성찰의 도구이다.

둘째, 자신을 알리는 도구다.

사람들에게 광고나 홍보를 통해 지속적으로 상품이나 회사, 서비스 등을 알리는 마케팅의 한 방법을 브랜딩이라고 한다. 요즘은 여기에 더해 자기 자신을 브랜딩하는 시대이다. 다시 말해 '퍼스널 브랜딩의 시대'라는 말이다. 지금 우리는 자신을 알려야 하는 시대를 살아가고 있다. 부족한 사람도 책을 쓰는 시대이며, 누가 대신해주는 게 아니라 직접 자신을 알리고 홍보하는 시대다.

사람만이 아니라 제품과 서비스, 브랜드를 알려야 살아남는 시대를 살아가고 있다. 시장에 나온 제품은 더욱 홍보와 마케팅을 해 고객들의 머리에 각인이 되어야 한다. 사람 역시 자신의 하는 일, 성과 경력 등을 알리는 게 중요하며 책은 제품, 서비스, 자신을 알리는 최고의 수단이 된다.

CEO, 사업의 대표라면 더욱 자신의 이름이 들어간 책을 출간해야 하는 이유가 바로 여기에 있다. 책은 이처럼 제품, 서비스를 넘어 개인, 기업의 이미지와 신뢰를 높여주며 퍼스널 브랜딩의 최고의 도구이다.

셋째, 배움이다.

책을 쓰기 위해서는 많은 배움이 있어야 한다. 한 권의 책을 쓰기 위해서는 짧게는 수십 권에서 많게는 수백 권을 읽어야 한다. 다시 말해 책 한 권을 쓰기 위해서는 그만큼 노력과 배움이 있어야 한다. 배움을 담은 책을 독자들이 읽었을 때 더욱 큰 울림과 깊이를 느끼게 되며 비로소 배움이 독자에게 이동되어 가는 순간이다. 곧, 책은 한 사람이 쓰지만 수십 수백 명에게 배움이 들어갈 수 있게 된다. 그래서 책의 힘이 대단하다.

넷째, 나눔이다.

물질을 나누는 일만이 나눔의 전부라고 말하지 않는다. 책을 쓰는 동안 저자가 그간 얻었던 수많은 정보와 지식을 책에 담게 된다. 많은 시간과 노력을 통해 얻게 된 정보와 지식을 독자에게 나눠주게 된다. 지식과 정보를 나누는 것 역시 기부이자 나눔이다. 사실은 돈이나 물질을 나누는 것보다 지식과 정보의 나눔이 비교할 수 없을 만큼 큰 나눔이다.

그렇다면 이렇게 매력이 넘치는 책을 그냥 쓰면 되는 거 아닌가? 왜 많은 사람들이 고민하고 쓰지 못하는 걸까? 예전처럼 책을 쓰는 장벽이 높은 것도 아니고 누구나 마음만 먹으면 쓸 수 있는데 행동하지 못하는 이유는 무엇일까?

'내가 과연 책을 쓸 수 있을까?' 아마 지금 당신도 이런 의문을 가지고 있을지 모르겠다. 내 대답은 '그렇다'이다.

내가 이렇게 자신 있게 말하는 이유가 있다. 시, 소설 같은 문학과 예술적 소질이 필요한 글이 아닌 일반 책 쓰기는 누구나 훈련과 언습을 통해 충분히 가능하기 때문이다. 자신감을 가져라.

처음 책을 쓰는 자에게 필요한 게 있다면 용기와 종이 그리고 연필뿐이다. 글도 용기가 필요하다. 그것도 아주 뻔뻔한 용기로 시작해야 한다. 대단한 사람이 책을 쓰는 게 아니다. 성공하고 가진 게 많은 사람만이 책을 쓰는 시대가 아니다. 안 된다고 생각할 일이 아니라 **'평범하고 보통 사람인 나도 쓸 수 있다'**는 생각을 가져야 한다.

부족하고 엉성하더라도 지금 시작이 좋다. 책을 쓰는 특별한 기술을 배워서 하기보다, 하면서 배우는 편이 차라리 낫다. 시작은 나도 책을 써 보겠다는 용기 하나면 충분하다. 많은 사람의 인생에 감동과 영향을 줬던 책들 역시 시작은 작고 여린 불꽃에 불과했다. 작은 용기로 시작한 책이 위대한 책으로 만들어진 경우는 셀 수 없이 많다.

고 정주영 회장이 말했듯 "무슨 일이든 90% 확신과 10%의 자신감으로 밀고 나가는 것"이다. 책을 쓰다 보면 글을 쓰는 기술이나 필력 또는 지식이 부족해 못 쓰는 경우는 별로 없다. 용기가 없거나 다짐이 흔들려 쓰지 못하는 경우가 훨씬 많다. 아무나 용기를 내지 못한다. 하얀 바탕에 자신의 이름을 걸고 글을 쓸 용기 말이다. 용기 내어 "나도 꼭 쓰고 말겠다."는 강한 다짐과 선포는 책을 쓰게 만들고 작가를 탄생시킨다.

책 한 권 쓰기 위한 기술과 원칙은 배우면 그만이다. 누구나 쓰기의 규칙을 알면 좋은 글과 독자가 원하는 책을 쓸 수 있다. 그 기술을 배우기 위해 시간과 노력을 투자해야 하지만 분명한 마음 다짐이 먼저다. 그 마음 다짐은 바로 용기로부터 시작된다. 이 사실을 몰라서 못쓸 뿐이다.

　내가 이 책의 1장 전체를 무겁고 힘주며 쓰고 있는 이유도 여기에 있다. 당신 안의 용기로 만든 다짐과 선포가 없다면, 양분이 부족한 그늘진 땅에 씨앗을 뿌려 풍성한 열매 맺기를 기다리는 것과 다름없다. 마음의 틀을 새로 만들어 뻔뻔하고 용기 있게 써라. 이것이 당신의 책을 쓰는 핵심 코어다.

뻔뻔하고 용기 있게 시작하라.

왜 걱정하는가?

당신은 이미 특별한 인재다.

그는 더욱 큰소리로 하지만 차분하게 연설을 이어나갔다.

"나는 여러분들의 실패에 대해 관심이 없습니다.

나는 여러분들이 다시 일어나는 것에 관심이 있습니다.

여러분들은 기억할 수 없는 수많은 실패를 경험했습니다.

처음 걸음마를 하기 위해서 일어서다가 넘어졌을 것입니다.

처음 수영을 배울 때 물 속에 빠지기도 했을 것입니다.

홈런을 많이 치는 타자일수록 스트라이크 아웃이 많습니다."

– 에이브러햄 링컨

생각보다 많은 사람들이 나도 책 한 번 써보겠다며 용기

내지만 쓰기는커녕 한 글자도 써보지 않고 포기하는 경우가 많다. 힘들게 용기 내어 10페이지만 생각하고 써보지만 이마 저도 얼마 지나지 않아 이내 포기하고 만다. 여러 가지 이유 가 있지만 경험해보지 못해 오는 걱정이 가장 큰 이유다.

걱정은 두려움이라는 씨앗을 가지고 있어 얼마 가지 않아 우리의 행동을 막고 끝내는 포기하게 만든다. 걱정을 만들어 두려움을 갖게 하는 부정적인 생각은 여러 가지가 있다. 그중 우리가 책을 쓰지 못하게 하는 대표적인 부정의 생각 네 가 지가 있다.

첫째, 내 주제에…

내 주제에 무슨 책을 쓰냐고 말한다. 많은 사람들이 책을 쓰기에는 자신의 인생이 초라하고 보잘 것 없다고 생각한다. **내 주제에…** 자신을 낮추는 겸손의 또 다른 말쯤으로 생각하 는 것 같다.

결론부터 말하면 한 사람의 삶에 있어 한 권의 책도 쓸 수 없는 인생은 없다. 그런 인생은 존재하지 않는다. "당신의 삶 은 책 한 권도 쓰지 못 할 인생을 사셨습니까? 정말 그런 인생입니까?"라고 묻는다면 당신은 뭐라고 답하겠는가? 평생 집에서 가사일만 하던 가정주부도 육아에 관련한 책을 많이 쓴다.

책을 쓰고 싶은 생각이 있다는 것 하나만으로 이미 당신은 가치 있는 인생을 살고 있다는 반증이다. 부족하고 흠이 많은 인생이라고 생각하는가? 얼마든지 책으로 만들어질 수 있다. 당신만의 책을 써라.

실력도 없는 내가 허황된 생각만 가진다는 생각을 버려라. 진주 브랜드 중에는 미키모토라는 세계적인 브랜드가 있다. 창업자 미키모토는 자신의 이름으로 세계적인 진주 브랜드 미키모토를 만들었다. 미키모토는 "허풍이 현실을 움직인다." 더불어 그는 "아무리 좋은 진주라도 흠이 있기 마련이며 세공하는 과정에서 흠이 사라진다."라고 말했다.

당신이 살아낸 인생은 누구도 경험하지 못한 값진 경험이고 삶이었다는 사실을 잊어서는 안 된다. 책을 쓰는데 있어 '내 주제에'란 말은 있을 수 없다.

둘째, 평소 책을 많이 읽지 못해서…

"책을 쓰기 위해서는 책을 많이 읽어야 하지 않나요?" 당연하다. 책을 쓰기 위해서는 다른 사람의 책을 많이 읽어야 한다. 또 그럴 수밖에 없다. 물론 평소 독서가 생활인 사람과 비교하면 책을 쓰는 속도가 훨씬 더딜 수밖에 없다. 그렇다고 해서 책을 쓰지 못할 이유는 안 된다. 쓰면서 독서를 하면 그만이다. 평생 읽기만 할 뿐, 단 한 번도 책 쓰기를 시도하지 않은 인생은 셀 수 없이 많다. 그런 인생과 비교했을 때 단지 독서를 많이 하지 못했다는 이유로 책을 쓰지 못한다는 말은 핑계에 불과하다.

셋째, 글솜씨가 없어서…

글솜씨. 곧, 많은 사람들이 필력을 탓하며 책 쓰기에 두려움을 갖는다. 결론부터 말하면 글을 써야 필력이 생긴다. 평상시 뭐라도 쓰는 연습을 갖지 않는다면 필력은 생길 수 없다. 글쓰기를 넘어 책 쓰기를 해본 사람은 안다. 책을 쓰는 순간 낱낱이 보이는 자신의 필력을 말이다. 부족한 점을 보고 느끼는 순간 글 실력은 올라가기 마련이다. 모든 만사가 그렇든 자주하면 실력이 늘기 마련이다.

넷째, 책 쓸 시간이 없어서…

블로그, 이메일, SNS 어디라도 좋다. 보통 하나의 테마를 정해놓고 8개월 정도 꾸준히 글을 쓰면 한 권의 분량이 완성된다.

시간이 많다고 해서 책을 쓰는 사람은 없다. 나 역시 시간이 많아서 책을 쓰는 게 아니다. 집필할 시간이 없지만 틈틈이 자투리 시간을 이용해 책을 쓰고 있다. 내가 코칭 했던 많은 사람들 역시 시간이 남아 할 것 없어 책을 쓴다는 사람은 단 한 명도 없다. 이 외에도 책을 쓰지 못하게 하는 부정적인 생각은 수없이 많다.

한번 생각해보자. 이런 걱정과 두려움 때문에 글을 쓰지 못하는 걸까? 여러 가지 이유가 있다고 해서 정말 나는 책을 쓸 수 없는 인생인 걸까?

정말?

실제로 시간이 많고 마음에 여유가 있어도 책은 써지지 않는다. 오히려 없는 시간 가운데 책의 원고를 쓰는 경우가 훨씬 많다. 필력이 있어 책을 쓰는 게 아니라 써야 하니까 쓸 뿐이다.

나는 책을 쓰지 못하는 이유와 부정적인 생각을 갖는 사람들이 틀렸다 생각하지 않는다. 그들의 말은 사실이고 충분히 책을 쓰지 못할 이유가 된다. 다만 그 이유와 부정적인 생각들로 그들은 그렇게 책을 쓰지 못하는 사람으로 남을 뿐이다.

책을 쓰기 위한 기술은 있다. 책을 쓰기 위해서는 반드시 알아야 하고 꼭 필요하다. 그러나 필요할 뿐이지 가장 중요한 게 아니다. 책을 쓰기 위해 정말 알아야 할 내용 중 첫 번째는 당신이 책을 쓸 만한 **괜찮은 사람**이라는 것이다.

두 번째로 책을 쓰기 위한 시작은 무엇이 없어서, 부족해서가 아니라 '어떻게 하면 내 책을 읽는 독자에게 **도움을 줄 수 있을까?**' 하는 측은지심을 가지고 써야 한다. 타인을 생각하는 마음 없이 책을 쓴다면 그것은 필요 없는 지식과 정보이며 죽은 책이나 다름없다.

영국의 소설가 존 크래시는 564권의 책을 출판하면서 출판사로부터 753번 출판을 거절당했다.

한 번도 해보지 않았던 그 무엇 때문에 두려움에 떨 필요 없다. 아무리 작고 평범한 주제라도 위대한 책이 만들어질 수 있다. 그것은 독자에 대한 공감과 진정성만 있다면 만들어진다.

책에 관심을 가지고 글로 무언가를 남겨 보겠다는 생각만으로 당신은 이미 특별한 인재다. 그러니 걱정은 그만하고 자신감을 가져라. 오히려 걱정으로 사라지는 기회를 걱정해야 한다.

Check Point

세일즈 준비하기

'아직 글을 쓰지도 않았는데 팔 생각을 하라고? 너무 이르지 않나?' 라는 생각을 가질지 모르지만 지금부터 완성을 생각하며 준비해 나가는 과정이 중요하다. 미리 세일즈를 위한 준비를 해야 한다. 책의 마케팅과 홍보를 위해 지금부터 준비해둔다.

1. 저자 프로필 쓰기

– 연대기 형식 프로필은 이제 그만!

– 나를 한마디로 표현한다면?

2. 책의 카피를 생각한다.

– 말 그대로 세일즈를 위한 카피다. 너무 개성 있게 쓰기보다 공감 가는 카피가 좋다.

3. 뒤표지에 들어갈 책의 압축된 내용을 정리해둔다.

– 책의 압축된 내용을 뒤표지에 넣을 때를 생각해 미리 원고의 내용 중 일부를 선정해둬야 한다.

*Big Why*가 필요하다

독자가 이루고 싶은 무언가를
가슴에 품게 만들었다면
작가로서 그만한 보람도 없다.

"결단을 내리지 않는 것이야말로 최대의 해악이다."

– 데카르트

글쓰기가 100미터 달리기라면 책 쓰기는 마라톤이다.

짧게 끝내는 글쓰기가 아닌 장거리를 뛰어야 하는 마라톤 책 쓰기에는 당신만의 Big Why가 필요하다. 책을 쓰기 위한 첫 번째 Big Why는 "나는 왜 책을 쓰려고 하는가?"에 대한 Why를 스스로 가져야 한다.

책을 쓰려는 사람들에게 내가 제일 먼저 하는 질문은 "왜 책을 쓰려고 하는가?"이다.

당신이 책을 쓰려는 이유는 무엇인가? 앞에서 말한 나를 위한 성찰과 또 다른 배움을 위해? 정보와 지식을 다른 사람들과 나누기 위해? 그것도 아니라면 나의 커리어와 퍼스널 브랜딩을 위해? 살아생전에 책 한 권 써보고 싶고 나를 책으로 증명하고 싶어서? 이러한 이유가 나쁘다는 걸 말하려는 게 아니다.

단순한 이유도 좋고, 복잡한 이유도 좋다. 무엇이든 좋다. 단, 다른 사람을 의식해서가 아닌 내 안에서 나온 나만의 이유여야 한다. 당신이 찾은 Big Why로 책을 쓰기로 했을 때 어떤 메시지를 담을지 스스로 질문하고 답을 찾아야 한다. 왜 책을 쓰려고 하는지에 대한 이유를 통해 당신 역시 스스로 어떤 삶을 살아왔는가를 알게 하고 삶을 돌아보며 반성할 수 있는 시간을 갖게 한다. '나는 평소 어떤 삶의 메시지를 가지고 살아가고 있는가'는 당신의 가치관이자 신념이 된다. 더불어 독자는 책을 통해 당신을 엿보게 된다.

스스로에 대한 Why를 생각했다면 이번에는 독자를 향한

Why를 생각해야 한다.

독자를 향한 Why는 **첫째, '독자에게 어떤 비전을 갖게 만들고 싶은가'를 생각해야 한다.**

독자를 향한 어떤 가치와 목표, 지금 힘들고 지친 사람에게 어떤 소망 꿈의 메시지를 전달하고 담을지를 생각하며 쓰게 한다. 이를 통해 독자는 저자로 인해 새로운 가치관을 더하게 된다.

독자가 이루고 싶은 무언가를 가슴에 품게 만들었다면 작가로서 그만한 보람도 없다. 독자를 위해 목표와 가치관을 새롭게 만들고 선택하는 데 힘을 보탤 수 있는 것만으로 작가에게 정말 의미 깊은 일이기 때문이다.

둘째, 용기와 희망을 준다면 어떻게 전달하고 싶은가.

다른 사람들의 방법과 생각을 그대로 이야기한다면 그것은 베끼는 것과 다름없다. 중요한 점은 바로 나만의 방법으로 이야기해야 한다. 독자들에게 용기와 희망을 나만의 노하우Knowhow로 주는 것이다. 방법과 노하우도 사실 알고 나면 대단한 게 아니듯, 당신의 인생에 있었던 실패와 성공 그리고 현재의 삶과 상황을 이야기하면 된다. 당신만의 방법이 분명 있다. 그것을 풀어 용기와 희망을 책에 담아내면 된다.

다시 '왜'라는 질문을 생각해보자. 이 질문의 답에는 맞고 틀림은 없다.

자신의 내면에 솔직해졌을 때 귀한 글이 나온다. 더불어 책에는 당신의 가치관이 담기게 된다. 출간된 책의 모습도 그러한 형태와 결을 띠게 된다. 독자는 당신의 책을 통해 삶을 대하는 당신의 자세와 깊이를 알 수 있게 된다.

훌륭한 기획과 정보를 가지고 있다 하더라도 책을 쓰는 분명한 Big Why가 없다면 십중팔구 중간에 흐지부지 포기하고 만다. 그러므로 당신만의 Big Why를 생각하고 답을 찾아야 한다. 더불어 당신의 Big Why는 앞으로 책의 전체 콘셉트와 기획을 하는 데 중요한 기준이 된다.

다시 한 번 묻는다. **당신의 Big Why는** 무엇인가?

Check Point

뻔뻔한 용기

1. 자신감으로 책을 시작하라. 지금의 모든 유명한 작가들도 처음에는 뻔뻔하게 시작했다.

2. 실력에 대한 고민은 10분만 하고 잊어버려라. 건질 게 없다.

3. 책에 담을 당신만의 Big Why를 생각하라.

위풍당당
Ready Go!

완성부터 시작하라

이미 책을 다 쓴 것처럼 상상하고 즐겨라.

영국의 《런던 타임스》가 영국인들을 대상으로 가장 행복한 사람에
대한 조사를 한 적이 있다. 그런데 의외의 재미있는 결과가 나왔다.

1위는 바닷가에서 멋진 모래성을 완성한 어린이.
2위는 아기를 목욕시킨 후 맑은 눈동자를 바라보는 어머니.
3위는 멋진 공예품을 완성하고 손을 터는 예술가.
4위는 죽어가는 생명을 수술로 살려낸 의사.

영국 《런던 타임스》 조사의 결과로 상위에 뽑힌 사람은 그저 평범
하고 소박한 사람들이었다. 돈이 많은 부자도 아니고 귀족과 정치

가도 아니라는 사실이 재미있다. 결국 행복은 자신이 좋아하고 보람 있는 일을 하는 사람이 누리며 가질 수 있는 선물이다.

책을 쓴다는 일은 지금 보람되고 의미 있는 인생을 살아가고 있는 사람이다. 충분히 삶을 즐기려 노력하고 있는 사람이다. 글을 쓸 때 얻을 수 있는 즐거움은 4단계로 나눠 이야기한다면 성장에서 오는 1차 즐거움, 상대방에게 내가 알고 있는 정보 또는 생각을 나눔으로 오는 2차 즐거움, 내 책을 읽은 사람의 변화를 기대하며 발전에서 오는 3차 즐거움, 독자였던 사람이 변화하여 저자로 사회에 선한 영향력을 흘려보내는 4차 즐거움이 있다.

지금 책을 쓰고 있다면 4단계 즐거움 전부를 느끼며 살고 있는 것이다. 책 쓰기의 즐거움을 더하기 위해선 이미 책을 다 쓴 것처럼 상상하고 즐겨야 한다. 잠시 눈을 감고 초고를 넘어 당신의 책이 서점에 놓여 있는 모습을 상상해보라. 생각만 해도 흥분되는 일이다. 내가 처음 책을 쓰는 수강생들에게 당부하는 말도 처음부터 끝까지 과정을 온전히 즐기며 쓰라고 말한다. 동시에 책의 완성일부터 미리 정해놓고 쓰라고 말한다. 출간을 상상하는 일 역시 즐거움의 한 부분이기 때문이다.

그러나 읽기를 넘어 책을 쓴다는 사실은 좋은 것이지만 꽤나 스트레스 받는 일이다. 첫사랑처럼 다가와 몸을 뜨겁게 달구기 시작한 책 쓰기는 차차 시간이 흘러 카페인과 니코틴을 부르며 생각만 해도 징글징글한 책 쓰기가 되어 버리기 일쑤이기 때문이다. 스트레스 덜 받고 빠른 원고 쓰는 방법 중 하나가 바로 초고 완성표를 작성하는 것이다. 초고 완성표의 목차는 나중에 대략적인 목차가 만들어진 후 일별로 작성해놓으면 된다.

초고를 쓰는 기간은 10일로 정한다.

책 초고를 10일 안에 쓴다는 생각이 말도 안 되는 일, 능력 밖의 일이라고 생각할 수 있다. 하지만 책의 뼈대가 되는 내용을 쓰는 것으로 생각한다면 결코 어려운 일이 아니다.

그러니 초고를 쓰기 전에 반드시 초고 완성일을 정해놓고 시작하길 바란다. 일단 초고 완성일을 정해버리면 없던 의무감과 책임감이 생겨나기 시작하며 그 날짜를 반드시 지키겠다는 자신과 약속을 하게 된다.

초고 완성일을 별거 아니라 가볍게 생각해서는 안 된다.

책을 쓰기 시작하면 이런저런 핑계가 생기기 마련이다. 시간이 흘러 어쩔 수 없음을 말하기 시작하고 결국 자기변호와 함께 십중팔구 포기하고 만다.

　실행력의 부스터는 초고 완성일을 정하면서 시작된다.

Check Point

초고 완성표

책의 콘셉트					
핵심 주제					
큰목차	목차별 꼭지	소목차 주제	일차	요일별 완성 여부	최종 완성일
목차 1	소목차 1 소목차 2 소목차 3		1		
			2		
			3		
목차2	소목차 1 소목차 2 소목차 3		4		
			5		
			6		
목차3	소목차 1 소목차 2 소목차 3		7		
			8		
			9		
			10		

대략적인 목차가 만들어지면 입력해놓기로 하고 우선은 언제까지 초고 완성을 할지에 대해 내용을 자세히 적도록 한다.

책의 콘셉트	동서양의 다양한 요리에 대한 맛과 의미를 요리사가 아닌 일반인 곧, 요리를 먹는 사람의 입장에서 마치 여행을 하는 것처럼 풀어내듯 설명
핵심 주제	요리를 먹는 사람의 입과 눈으로 알아본 요리의 숨겨진 이야기

큰목차	작은 목차	작은 목차 내용
1장 요리의 화룡점정	요리는 마음이 한다	재료를 준비하고 요리를 준비의 핵심은 마음이다.
	최고의 맛은 사랑	1장에서와 같이 마음을 설명. 최고의 맛을 내는 조미료는 사랑.
	처음과 끝은 늘 마음이다	요리의 처음과 끝은 먹는 사람을 위한 사랑하는 마음이어야 한다.
2장 요리 맛 대 멋!	순간이 만든 멋	투박하고 볼품없는 요리도 찰나의 순간에 멋이 만들어진다.
	맛 볼 것인가? 먹을 것인가?	생각 없이 먹다가는 늘 다이어트의 고민에 빠진다. 음식은 맛으로 즐겨라.
	三味를 해치는 맛	눈, 코, 입으로 즐기는 맛을 해치는 맛이 있다.
3장 고기서 고기다	채소 반대 운동	언제부턴가 우리의 식탁에서 채소가 멀어지고 있다.
	맛있는 고통	서구화된 식생활로 인해 고통 받는 사람들.
	햄버거의 배신	햄버거 하나를 만들기 위해 수많은 자원 낭비와 고통 받는 지구

쓰기 웜업 삼총사

　　1981년 보스턴 마라톤 대회에서 우승한 사람은 일본의 토시히코 세코였다. 기자들이 그에게 훈련 노하우를 묻자 이렇게 대답했다.

"저는 아침에 10킬로미터,
저녁에 12킬로미터를 달렸습니다.
정말 단순하죠?
하지만 1년 365일 달렸습니다."

"결정을 내리기 전에 모든 것을 완벽하게 알고자 고집하는 사람은
결코 결단을 내리지 못한다."

– 앙리 프레데릭 아미엘(스위스 시인)

책 쓰기의 꽃은 누가 뭐라 해도 '쓰기'다. 모든 글과 책 쓰기에 있어 쓰기는 진리다. 직접 손으로 써봐야 글에 대한 기준을 만들 수 있고 볼 수 있으며, 감각을 키울 수 있기 때문이다.

그러나 '쓰기'에는 방법이 있다. 용기 내어 시작을 해보기로 했으나 막상 펜을 들어 쓰려는 순간 방법과 요령을 몰라 흰 바탕에 뭐라고 써야 할지 머리는 하얘지고 손은 굳어 버리고 만다. 키보드 위에 올려놓은 손이 어디로 가야 할지 방황하다 시간만 보내게 된다. 뭐라고 하며 글을 채울지에 대한 걱정으로 제대로 된 시작을 하지 못한다.

자동차를 아끼는 사람은 추운 겨울 밤새 꽁꽁 얼어있는 차에 시동을 걸고 바로 출발하지 않는다. 기술이 발달해 자동차 성능은 좋아졌지만 차를 아끼는 사람은 잠시 엔진 웜업 warm-up 시간을 가진 뒤 출발한다. 웜업이란 우리가 준비 운동을 하듯 자동차 엔진에 윤활유가 충분히 공급되어 적정 온도가 올라오도록 준비시키는 걸 말한다. 책 쓰기도 웜업이 필요하다.

책 쓰기의 웜업으로 **필사하기, 마구 쓰기, 특정 대상 쓰기**

가 될 수 있다.

무얼 써야 할지 복잡한 생각에 멈춰 있는 손을 움직이는 가장 좋은 방법은 필사다. 필사는 좋아하는 작가의 글이나 책을 가지고 그대로 베껴 쓰기 하는 걸 말한다. 책 《이토록 멋진 문장이라면》을 보면 필사에 관해 이렇게 말하고 있다.

"베껴 써라, 그러면 명문장에 깃든 빛이 당신의 내부를 밝혀줄 것이다. 그 빛은 치유와 희망의 빛이다."

나는 필사를 '훔쳐 쓰기'라 말한다. '훔친다'는 표현에 거부감을 느낄지 모르겠다. 피카소가 말했다. "준수한 예술가는 베낀다. 위대한 예술가는 훔친다." 새로움은 훔치는 데서 시작한다. 내가 필사를 훔쳐 쓰기라 말하는 이유는 특정 대상 글의 분위기와 글투를 짧은 시간에 배우고 내 것으로 만들 수 있는 좋은 방법이기 때문이다. 나아가 조금 거짓말을 보탠 다면 작가의 필력까지 훔칠 수 있는 도구이기 때문이다.

물론 다른 사람이 만들고 생각해놓은 걸 그대로 사용한다면 문제가 된다. 그러나 그들의 결과를 따라 해봄으로 얻는 열매는 생각보다 크다. 노력과 시간에 비해 얻는 성과가 크다는 말이다. 남의 글을 그대로 사용하지 않고 나만의 경험과 생각, 느낌을 충분히 담아서 써야 한다. 오랜 세월 글을 써온 작가들의 내공을 단순히 따라 써봄으로 같은 실력을 기대하는 건 욕심이지만 훔쳐 쓰기를 통해 좋은 글의 느낌과 감각을 높일 수 있어 글 연습에 훌륭한 도구가 된다.

다음으로 마구 쓰기가 있다. 마구 쓰기는 영어로 프리 라이팅Freewriting이라고 할 수 있다. 마구 쓰기는 규칙과 형식 전부 무시하고 나만의 글을 쓰는 걸 말한다. 다른 사람의 시선이나 생각을 무시하고 나만의 생각과 방식으로 글을 써본다. 어떤 사건이나 생각, 사물에 대하여 꼬리에 꼬리를 물어 계속해서 글을 쓴다. 마구 쓰기를 할 때마다 기록으로 남겨 글의 성장을 보는 것도 재미있는 추억이며 또 하나의 재미다.

마구 쓰기 할 때 좋은 방법으로 떠오르는 핵심 단어를 구분지어 나열한 뒤 글을 쓰면 훨씬 더 풍부한 글쓰기를 진행할 수 있다.

예 **공부 –> 책 –> 지식 –> 정보**

공부는 끝이 없다는 말이 요즘처럼 더 적절한 때가 있었을까? 급변하는 세상, 자고 일어나면 배워야 할 게 쌓인다. 하루에도 새로운 정보를 담은 수십 권의 책들이 쏟아지고 있다. 가장 오랜 된 방법이지만 책을 통해 배우는 정보는 머리에서 오래 기억되며 지식으로 바뀔 가능성이 크다.

마구 쓰기할 때 또 하나의 방법으로 '산다이바나시'를 이용해 보길 바란다. 산다이바나시는 일본의 만담 중 관객이 던지는 세 가지 제시어로 즉석에서 이야기를 만들어 진행하는 것인데 마구 쓰기와 스토리를 만드는 좋은 방법이다.

반드시 세 가지 제시어로 고집할 필요 없다. 제시어를 늘려 자유 형식으로 글을 쓰도록 한다.

예

옛날에 --- 어느 날 ---

태양 --- 매일 --- 그렇게 --- 놀라운 ---

왕비 --- 평화 --- 하지만 ---

아무도 --- 공주 --- 마녀 ---

디즈니 애니메이션 라푼젤의 줄거리를 예를 들면 다음과 같다. 옛날에 평화로운 코로나 왕국이 있었다. 어느 날 태양의 힘이 이름 모를 꽃에 닿자 꽃에는 신비로운 마법의 힘을 간직하게 되었다. 그렇게 태양의 힘을 간직한 마법의 꽃은 사람들의 눈에 띄지 않는 마을 은밀한 곳에서 자라기 시작했다. 이 마법의 꽃은 치유의 능력이 있었다. 코로나 왕국의 왕비는 몸이 약했다. 병약한 왕비로 왕은 늘 걱정이 많았다. 왕비는 점점 더 약해져갔고 매일 죽음을 맞이하고 있었다. 왕은 병사들에게 왕비를 살릴 만한 명약을 구해오라고 명령을 내렸지만 찾을 수 없었다. 그렇게 시간은 흐르고 마침내 한 병사가 마법의 힘이 담긴 꽃을 찾았다. 마법의 꽃은 왕비의 병을 낫게 했고 코로나 왕국은 예전의 평화로움을 찾게 되었다. 시간이 흘러 왕비는 예쁜 공주를 낳았다. 놀랍게도 공주의 머릿결은 신비로운 꽃의 힘이 담겨 있었다. 하지만 그 사실을 아는 사람은 아무도 없었다. 오직 한 명, 마녀만이 이 사실을 알고 있었다.

마지막으로 특정 대상 쓰기가 있다.

좋아하는 사물, 생각, 인물을 정해 특정 대상 중심으로 글을 쓰는 것이다. 이때 중요한 점은 생각이 마를 때까지 써야 한다. 특정 대상 쓰기 역시 자유 형식으로 더 이상 쓸 말이 생각이 나지 않을 때까지 써보는 경험이 중요하다.

더 이상 할 말이 없을 때까지 쓰는 경험이 많을수록 장문을 쓰는 힘이 길러진다. 머리로만 하는 상상 글쓰기는 아무리 시간이 흘러도 실력이 늘 제자리를 벗어나지 못한다.

쓰기의 웜업 트리오인 필사하기, 마구 쓰기, 특정 대상 쓰기는 초고를 위한 연습인 동시에 글의 확장을 위한 준비다. 더 이상 머리로만 쓰지 말고 지금 당장 웜업 트리오로 손을 움직이길 바란다.

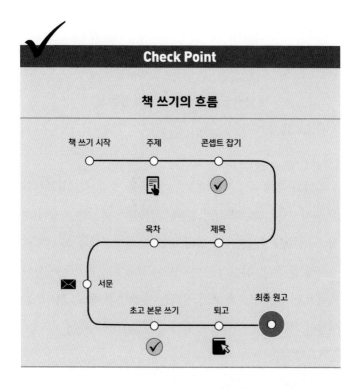

루틴을 만들어라

온전히 즐기는 쓰기 습관을 만들어라.

"습관이란 인간으로 하여금
그 어떤 일도 할 수 있게 만들어준다."

– 도스토옙스키

작가의 세계에서 사용되고 있는 말 중 양질전환이라는 말이 있다. 바로 양quantity이 질quality을 뛰어 넘는다는 말이다. 책 쓰기에 양질전환은 진리에 가깝다. 양질전환에 첫 번째로 지켜야 할 점은, 자신의 글이 어딘가 모를 이상함과 부족함이 느껴져도 매일 꾸준히 써야 한다는 사실이다. 매일 글을 쓰는 사람이 재능 있는 사람이며 필력 있는 작가가 된다.

책을 쓰기 위해 매일 써야 하지만 보통은 '쓰기'라는 생활이 익숙하지 않은 사람이 대부분이다. 매일 쓰는 습관이 만들어지지 않으면 자신의 생활 패턴과 계속해서 부딪쳐 리듬이 깨지기 쉽다. 일을 해야 할 때 글을 쓰거나 정작 써야 할 때 쉬어버린다면 장거리를 뛰어야 하는 마라톤 책 쓰기는 고통이 된다.

서문에서 언급했든 책 쓰기는 마라톤과 같다.

맑은 날이 있으면 흐린 날이 있듯, 우리가 중요하게 생각해야 할 점은 쓰고 싶은 날과 그렇지 않은 날에도 꾸준히 글을 쓰는 환경과 마인드를 만들어야 한다. 다시 말해 본문을 쓰기 위한 계획적인 글쓰기 루틴을 만들어놓아야 한다.

책을 쓰기 위한 첫 번째 루틴은 균형 잡힌 독서다.

'쓰기'와 '읽기'는 세트다. 자신의 부족한 점을 채우기 위해서라도 읽어야 한다. 독자에게 좀 더 풍성하고 유익한 책으로 다가가기 위해서 반드시 읽어야 한다. 다양한 배경지식 아래에서 좋은 글이 나오기 마련이다. 모두가 알고 있는 얘기만 한다면 지루하고 독자의 눈길을 잡을 수 없다. 다시 말해 매력 없는 글이 된다. 자신의 주장에 대해 창의적인 생각과 탄탄한 논리를 말하기 위해서 폭넓은 독서 경험이 반드시 필요하다. 많이 읽을수록 잘 쓰게 된다. 물론 독서를 많이 했다고 해서 반드시 잘 쓰는 것은 아니다.

그러나 읽지 않고 잘 쓰기를 기대하는 마음은 버려야 한다. 책을 쓰기 시작하면 많은 자료가 필요하다. 이때 독서를 통해 자료와 정보를 모아야 한다. 세월이 흘렀지만 독서를 통해 얻은 정보야말로 가장 오래됐지만 확실하다. 물론 인터넷, SNS 등에서 손쉽게 얻을 수 있는 정보가 있지만 그 신뢰와 수준 그리고 깊이에 대해 확신이 어렵다. 독서를 위해서는 급한 마음이 들어도 꾸준한 읽는 습관이 자신의 생활에 녹아져 있어야 한다. 그래서 읽기와 쓰기의 균형이 깨진다면 부실한 책이 만들어질 수밖에 없다.

두 번째, 밀당은 글을 쓸 때도 필요하다.

글이 잘 써지는 날이 있고, 한 자도 쓰기 어려운 날이 있다. 하루치 호흡을 한 번에 할 수 없듯, 단 한 번의 호흡으로 책을 완성할 수 없다. 다시 말해 호흡을 조절하듯 한 번에 무리해서 많이 쓰는 것보다 한 줄을 쓰더라도 매일 꾸준히 쓰는 게 중요하다. 책 쓰기 진도가 빨리 나가는 것 같아 당장에는 기분 좋을 수 있겠지만 멀리 봐야 한다. 쓰기를 즐기되 무리해서 한 번에 많은 에너지 사용을 피해야 한다. 빨리 가기보다 천천히 지치지 않고 오래 가는 게 더 중요하다. 그렇지 않으면 의도하지 않은 '지침'이 오기 마련이다.

중요한 점은 쓰는 시간을 분명히 정해놓고 계획적으로 써야 한다. 글을 쓰기 위해 방을 작업실로 꾸미지는 않더라도 자신만의 계획된 시간을 만들어야 한다.

예를 들어 출퇴근 시간에 휴대폰 메모장 또는 들고 다닐 수 있는 메모장에 토막글을 쓴다. 출근하기 전 30분, 퇴근하고 30분, 주말 2시간 계획된 시간에 집중해서 쓴다. 책을 완성하는 동안은 마치 기계처럼 글을 쓴다면 작가로서 이보다 좋은 글쓰기 습관은 없다.

기계처럼 써야 한다. 메마른 정서로 인간미 없이 글을 쓴다는 말이 아니라 매일 자신이 정해놓은 시간과 계획에 맞춰 기계와 같이 반복해 써야 한다는 의미다. 처음은 답답한 마음이 들 수 있지만 천 리 길도 한 걸음부터. 하루 한 문장이라도 매일 꾸준히 한 문장씩 쌓여 원고가 만들어지게 된다. 글은 쓰면서 좋아지며 절대 책은 짧은 시간에 완성될 수 없다. 절대 하루아침에 좋아지지 않는다. 그렇기 때문에 매일 쓰는 습관이 만들어지지 않으면 책 쓰기가 고통으로 다가올 수밖에 없게 된다.

세 번째, 자료가 모이면 책이다.

책을 쓰다 보면 말하고자 하는 내용의 신뢰와 정보 제공을 위해 여러 자료가 필요하다. 글을 쓸 때마다 자료를 찾는다면 엄청난 시간을 허비하게 된다. 그러므로 평소에 쓸 내용에 대한 자료를 찾고 모아 책을 쓰기 위한 자료 창고를 만들어 관리해야 한다.

더불어 메모했다면 최대한 빠른 시간에 책을 쓰기 위한 자료 정리가 필요하다. 시간이 지나면 메모했다는 것조차 잊어 같은 정보를 찾아 시간을 허비하는 일이 생긴다. 또 더 시간이 흐르면 메모했던 내용이 정보로서 가치가 사라지게 된다.

어렵게 찾고 모은 정보, 자료를 찾을 수 없거나 사라진다면 이처럼 허망한 일도 없다. 때문에 모은 자료와 정보는 바로 정리하는 습관을 들여야 한다.

요즘은 스마트폰에 설치된 기본 메모장만으로 메모하기에 불편함이 없다. 욕심내어 더 많은 활용을 생각한다면 '에버노트'와 '심플노트'를 추천한다. 또 메모는 할 수 없지만 여러 SNS와 인터넷에서 찾은 링크 자료를 쉽게 모아 보기 편한 '구글 포켓'이 있다.

이 세 가지 앱은 이미 전 세계에서 많이 사용하고 있는 앱이며 우리나라에서도 친숙한 어플이다. 에버노트는 많은 양의 노트와 메모를 분류하며 글을 쓸 수 있는 장점을 가지고 있다. 심플노트는 에버노트에 비해 노트 수준의 메모보다 조금 가벼운 수준의 메모를 적기에 훌륭하다. 이 둘은 스마트폰과 컴퓨터와 동기화가 가능해 어디서든 글과 메모를 쓰고 확인이 가능하다.

마지막으로 의무만으로 글 쓰는 계획과 습관을 만드는 일은 피해야 한다.

즐기는 게 아니라 마지못해 억지로 하는 책 쓰기는 일상에 부담과 압박을 준다. 뿐만 아니라 온전한 쓰기의 재미를 떨어뜨리게 된다. 자신의 삶에 맞춘 계획과 온전히 즐기는 쓰기 습관을 만들어라.

작가를 허락하라

오늘 한 문장이라도 쓰는 사람이 작가다.

베스트셀러 작가이며 소설과 문학 관련 글을
꾸준히 쓰고 있는 제임스 스콧 벨James Scott Bell은
당신의 의문에 이렇게 답했다.
"'내가 쓸 수 있을까?'가 아니라
'내가 작가가 될 수 있을까'라고 생각하라."

나는 작가다!

지금 당장 책을 쓰기 위해 기획하고 글을 써라.
'아무리 그래도 내가 어떻게 책을 써. 나는 작가가 아니
야.' 혹시 아직도 이런 생각에 쓰지 못하고 있는가? 당신에게

묻고 싶다. 아직도 대단한 사람이 글을 쓰고 필력 있는 작가가 책을 쓴다고 생각하는가?

이미 앞장에서 말했지만 재능보다 용기와 끈기가 더 중요하다. 책을 쓰기 위한 자격과 실력이 중요하지 않다는 말이 아니다. 지금 당장 서점으로 가 베스트셀러 작가의 프로필을 훑어보길 바란다. 이미 유명한 작가도 있지만 책을 읽고 쓰는 게 좋아 작가가 된 사람들이 많다. 필력과 학력 그리고 자격이 있는 사람만이 글을 쓰지 않는다.

자신감을 가져라.

필력이 없다고 해서 책을 쓸 자격이 없는 것은 아니다. 스스로 자격 없는 사람으로 선 긋지 마라. 필력을 부러워하기보다는 약한 마음을 단련하는 게 더 중요하다. 주저하고 약한 마음은 당신이 책을 쓰기 위해 반드시 넘어야 할 산이다.

일본 관상 물고기 중에 '코이'라는 물고기가 있다. 코이는 조그마한 어항에서 기르면 8cm 정도 자란다. 하지만 연못이나 수족관에 기르면 코이는 최대 25cm까지 자란다. 더 놀라운 사실은 강에서 사는 코이는 120cm까지 자라 어항의 코이

보다 15cm정도 차이를 보인다. 지금 형편없는 글을 썼다고 해서 포기하거나 멈춰 버린다면 어항 속 코이 물고기처럼 스스로 한계를 긋는 것과 다름없다.

이미 당신 안에 작가가 있다. 절대 포기 하지 마라. 대단한 사람이 작가가 아니다. 뛰어난 기획과 남다른 정보가 있어야만 작가가 되는 것도 아니다. 소소한 일상 속에서 평범한 사람이 자신의 생각을 글로 표현하는 사람이 작가다.

만약 잘 모르고 부족해 지금 글을 쓰지 못한다면 알아내어 쓰면 그만이다. 작가의 한자 작作이 '짓다', '만든다'는 의미다. 곧 지금 부족하거나 없는 것이라 할지라도 배우고 시작해 만들면 그만이다. 베스트셀러 작가 마르티나 콜은 "자기가 아는 것에 대해 쓰고, 모르는 것은 알아내라"고 말했다.

당신이 먼저 배워야 할 것은 책을 쓰는 기술이 아니다. 지금 당장 쓸 수 있는 것을 찾아 써야 한다. 떠오르는 생각과 글감이 사라지기 전에 노트든 휴대폰 메모장이든 가리지 않고 써야 한다.

그렇게 남긴 글이 형편없어 찢어 버리고 싶어도 계속해서 써야 한다. 써놓은 글은 마중물이다. 찢어버리고 싶은 글은 실패가 아니라 독자의 마음을 움직이는 마중물이 된다. 독자의 마음을 움직일 마중물이라 한다면 충분히 유쾌한 실패다. 그리고 부족한 부분은 알아내어 쓰면 된다.

당신의 글을 평가하는 사람들의 말에 너무 귀 기울일 필요 없다. 다른 사람들의 말과 권위 있는 사람이 하는 말에 민감하게 반응하며 기죽을 필요 없다. 특히 전문가, 지식인, 권위 있는 사람들의 말에는 더 작아지기 마련이다. 권위 있는 자의 말이라고 해서 정답이 아니다. 쓰는 가운데 권위에 대한 지나친 맹신과 복종은 새로운 변화의 기회를 맞이하지 못하게 한다. 권위를 맹신하기보다 자신을 믿고 적극적으로 책을 기획하고 한 문장이로도 써라.

진짜 좋은 책은 당신이 매일 경험을 통해 쓴 생기 있는 책이다. 더불어 그런 생기 있는 책을 만드는 당신은 프로라는 사실을 잊으면 안 된다. 당신은 이미 프로다. 자신감을 가져라 누구나 쓸 수 있지만 아무나 작가가 되는 것이 아니다.

당신이 알아야 할 게 있다. 쉽게 작가가 되는 길은 없다. 그러나 진심으로 작가가 되고 싶어 매일 자신 있게 달려들어 글을 쓴다면 당신이 생각하고 꿈꾸는 모습을 가질 수 있다.

적어도 책 쓰기에 있어 요령과 방법보다 더 강한 게 오늘 한 번이라도 써보는 것이다.

책을 쓰기로 마음먹고 오늘 한 문장이라도 쓰는 사람이 작가다. 아직 나는 자격 미달이라 생각하는가? 잠시 눈을 감고 조용히 느껴보라. 당신 안에 펜 하나로 마음을 흔드는 작가를.

Check Point

쓰기로 했다면 포기하지 마라

국가에서 생활보호대상자로 지정되어 생활비를 받을 정도로 가난했던 작가 조앤 K. 롤링의 집에는 책상이 없었다. 하는 수 없이 가까운 카페에 가서 커피 한 잔을 시켜놓고 하루 여덟 시간씩 매일 글을 썼다. 그녀의 원고는 출판사에서 받아주질 않았다. 그녀를 받아주는 출판사는 한 곳도 없었다.

계속된 실패와 거절을 거듭하던 끝에 한 출판사에서 겨우 500부에 불과한 《해리포터와 마법사의 돌》 초판을 간행했다. 책이 나왔다는 서평도 없는 초라한 출간이었다. 그러나 '해리포터'는 입소문이 나기 시작하며 전 세계적으로 흥행하며 베스트셀러가 되었다.

돈이 없어도 얼마든지 글을 쓸 수 있다. 더 이상 장소와 시간은 책을 쓰지 못할 이유가 되지 못한다. 중요한 건 책을 쓰겠다는 굳은 의지다. 굳은 의지야 말로 불가능도 가능하게 만든다.

책을 쓴 사람은 '나와의 약속을 지킨 사람'이다. 자신과의 약속을 지키겠다는 의지가 자주 흔들리고 약한 사람이라면 절대로 책 한 권을 끝까지 써낼 수 없다.

3교시

틀짜기

매혹의
프로듀싱

관심부터 시작이다

모든 경험은 책을 쓰기 위한 좋은 재료다.

글쓰기도 방법을 배우면 할 수 있다고 생각하지만

그게 다는 아니다. 방법을 배우는 것만으로는 충분하지 않다.

몸으로 익히고 습관을 들여야 잘 쓸 수 있다.

글쓰기는 그런 면에서 자동차 운전과 비슷하다.

자동차의 구조와 원리를 공부한다고 해서

운전을 할 수 있는 건 아니다. 핸들과 페달, 기어 변속기가

손발의 일부로 느껴질 때까지

몸으로 훈련해야 한다.

– 《유시민의 글쓰기 특강》 중에서

앞서 서문에 책쓰기의 벽은 낮아졌고 이제 누구나 마음만

먹으면 책을 쓸 수 있다고 말했다. 하지만 자신이 무엇에 관심 있고 평소 어떤 글을 쓰고 싶은지 생각하지 않고 책쓰기를 결정했다면 누구나 책을 쓸 수 있다는 말은 **새빨간 거짓말과 같다.**

'나는 뭘 쓸지 모르는데?'

책을 쓰기로 했다면 무엇을 가지고 쓸지에 대한 전체 주제를 생각해야 한다. 하지만 주제 정하는 일이 만만치 않다.

결론부터 말하면 쓸 거리는 많다. 고민하지 마라. 모든 사람에게는 콘텐츠가 있다. 아직 체감하지 못해 그렇지 쓸거리는 당신 주변에 무수히 많다. 그것들이 책의 주제라 생각하지 않고 관심을 갖지 않았을 뿐이다. 어디서든 쉽게 얻을 수 있는 신문과 잡지에서도 당신이 책에 담아낼 주제는 많다.

평소 즐겨보던 TV 프로그램과 드라마, 책, 영화에서도 쓸거리를 찾을 수 있다. 이제는 굳이 말하지 않아도 블로그, SNS는 수많은 정보와 쓸거리로 넘쳐난다. 작가의 눈으로 모든 걸 관찰하며 당신이 오늘 만난 모든 것이 글감임을 잊지 말아야 한다. 이처럼 쓸 게 없다는 말은 사실 변명과 다름없다. 당신의 삶 속에 그 어디에라도 쓸거리는 있다.

처음 어떤 주제를 쓸지는 브레인스토밍을 이용해 다양한 생각을 쏟아내는 게 무엇보다 중요하다. 머릿속에서 정리해 '이거다!'라며 떠오르는 경우는 거의 없기 때문이다. 그러니 형식이나 어떠한 규칙에 얽매이지 말고 자유롭게 자신이 어떠한 주제에 관심과 흥미를 가지고 있는지 쏟아내도록 한다.

브레인스토밍을 통해 어느 정도 주제에 대한 것들이 나왔다면 마인드맵을 이용해 조금 더 구체적으로 주제를 만들어낼 수 있다. 마인드맵의 장점은 구조를 가지고 있다는 점이다. 브레인스토밍을 통해 쏟아진 주제는 마인드맵으로 구조를 만들어 이미지화할 수 있다는 큰 장점이 있다.

주의해야 할 점은 한 번 결정한 주제는 중간에 바꿀 수 없기 때문에 신중히 결정해야 한다. 책의 주제를 제외하고 앞으로 해야 할 제목, 목차, 서문 원고의 모든 내용이 수정 가능하다. 다시 말해 처음 선택한 주제로 원고 내용이 하나, 둘씩 채워진다. 따라서 주제 선택 하나만 잘해도 책 쓰기의 50%는 이미 성공이다.

그러나 앞서 말했듯이 처음부터 좋은 주제가 떠올라 책을 쓰는 일은 흔치 않다. 더구나 처음 책을 쓰는 사람들에게 좋은 주제 찾는 일은 특히 어렵다.

그렇다면 나만의 좋은 주제를 어떻게 찾아야 할까?

책을 쓰기 위한 주제를 찾는 데 있어 현재 자신의 모습과 내면의 상태까지 알아보는 일은 중요하다. 앞으로 써야 할 나만의 좋은 주제는 '나'를 찾는 데부터 시작된다. 나를 통한 좋은 주제를 찾고 싶다면 우선 잘 들어야 한다. 사람들의 이야기와 주변에서 벌어지는 상황을 잘 들어야 한다. 편견을 가지고 들어서는 안 된다. 그래야 다양한 많은 정보를 얻을 수 있다. 스스로 질문하고 답을 정리하는 가운데 본인이 관심을 가지고 있거나 쓰고 싶은 것에 초점이 맞춰지게 된다. 그렇게 얻게 된 정보와 새로운 사고를 통해 질문을 던진다.

스스로 물음표만 잘 던져도 새로운 생각이 떠오르며 구체적인 질문일수록 좋은 책이 만들어진다.

나의 강점과 약점은 무엇인가? 나는 앞으로 내 책을 읽는 독자들에게 어떤 가치와 이익, 정보를 제공해줄 수 있는가?

내가 무엇을 좋아하고, 싫어하는지 알아야 한다. 평소 관심사는 무엇이고 잘하는 것과 못하는 것은 무엇인지를 알아야 한다. 여기서 중요한 점은 단순히 어떤 게 좋아서 또는 싫어서만 쓰는 게 아니라 그에 대한 이유도 함께 쓰면서 알아가야 한다.

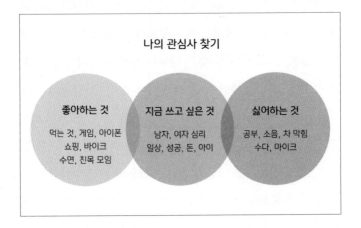

나의 관심사 찾기

좋아하는 것	지금 쓰고 싶은 것	싫어하는 것
먹는 것, 게임, 아이폰 쇼핑, 바이크 수면, 친목 모임	남자, 여자 심리 일상, 성공, 돈, 아이	공부, 소음, 차 막힘 수다, 마이크

　　주제를 찾기 위한 조금 더 구체적인 예를 든다면 나 자신과 주변의 사물에 관심을 가져야 한다. 평소 중요하게 생각하지 않았던 사물과 현상에도 관심을 가져야 한다. 지하철, 버스에 붙어 있는 광고 문구 하나 예사롭게 봐서는 안 된다. 남들과 다른 인생 스토리가 있거나 현재 하는 일도 책의 훌륭한 소재다. 현재 하는 일은 가장 익숙한 일이며 그 분야의 전문가로 인정받을 수 있기 때문에 좋은 책 소재다. 전자제품 트렌드와 활용법 역시 책의 주제로 생각할 수 있다.

　　또, 현재 사회 이슈와 트렌드는 무엇이고 사람들이 좋아하는 책, 영화, 고유명사, 생각했던 소재에 관련된 정서나 사물도 주제로 선택 가능하다. 보통 당신이 느끼고 생각했던 일들은 다른 누군가도 힘들게 고민하며 공감했던 내용이다. 이처럼 당신이 지금까지 보고 느끼며 별거 아니라고 생각했던 모든 경험은 책을 쓰기 위한 좋은 재료인 동시에 독자에겐 공감이 된다.

책 쓰기는 소재를 찾고 콘셉트를 잡아 글감을 모아쓰는 일까지 전부 셀프다.

다시 말해 책을 쓰기 위해 본인이 직접 찾아서 해야 한다는 말이다. 이 사실을 처음부터 인정하며 글을 쓰기 시작해야 한다. 물론 대필을 하거나 다른 누군가의 도움을 받아 책을 쓸 수 있지만 기본 원칙은 본인의 책은 본인이 직접 쓰는 데 있다. 영화 자막이 아무리 훌륭해도 듣고 바로 이해하는 의사소통과 비교할 수 없듯 책을 쓰며 많은 어려움과 그 안에서 오는 즐거움을 직접 몸으로 겪어봐야 보람과 감동이 있고 실력이 만들어지기 마련이다.

콘셉트 망원경과 현미경

밑그림을 그려라

"독창적인 작품은 처음부터 완벽한 형태로
세상에 나오지 않는다. 독창적인 작품은 형편없는
시제품 단계를 거쳐 완성돼 나간다.
나는 작품의 초안을 '못난이 아기'라 부른다."

– 픽사, 디즈니애니메이션 사장 애드 캐트멀

영화, 방송, 음악과 같이 작품 제작 진행에 있어 총괄 진행을 프로듀싱producing이라고 한다. 책을 쓸 때도 마찬가지로 본격적인 시작에 앞서 프로듀싱을 해야 한다. 많은 사람들이 관심 가지며 유익할 만한 작품을 만드는데 아무런 생각과 준비 없이 시작할 수 없다. 책의 콘셉트를 생각하고 진행에 관한 전체 그림을 기획하며 조율해야 한다.

책에 쓸 주제를 찾았다면 콘셉트를 만들어야 한다.

콘셉트를 만들어야 하는 이유는 책에 대한 지면이 늘 제한적이기 때문이다. 그렇기 때문에 책의 콘셉트를 벗어나 글을 쓰기 시작한다면 제대로 된 내용을 담지 못하고 글을 마무리해야 하는 상황이 벌어진다.

또, 작가가 쓰고 싶은 내용이 있다고 해서 아무 얘기나 마음껏 쓸 수 없다. 따라서 전체 쓰고자 하는 내용과 구체적으로 쓸 본문의 콘셉트를 정하지고 않고 쓰게 되면 독자가 이해하기 어렵거나 내용이 부실한 책이 되고 만다.

때문에 글이 진행되는 가운데 콘셉트를 정하기보다 처음에 기획하고 만들어 놓는 편이 훨씬 책을 쓰기에 편하다.

무엇에 대해 쓸 것인가?
무엇을 어떻게 쓸 것인가?

이 두 가지 질문은 앞으로 쓰게 될 책의 콘셉트에 대한 기준과 밑그림인 동시에 글 콘셉트의 망원경과 현미경이 된다. 망원경은 멀리 있는 대상을 바라볼 때, 현미경은 대상을 조금 더 자세히 바라봐야 할 때 사용된다. 곧, 망원경은 써야 할 소재를 크고 넓게 바라보게 하고, 현미경은 찾은 주제를 조금 더 자세히 볼 수 있게 만든다.

첫째, '무엇에 대해 쓸 것인가?'는 망원경이 된다.

예를 들어 '우리가 먹는 음식 문화와 정서'를 쓰겠다고 했을 때 음식은 삶의 일부이며 문화다. 넓은 의미에서 음식을 통해 문화도 바뀐다는 이야기를 핵심으로 쓸 수 있다. 음식과 문화 내용은 점차 "삶을 바꾼 음식과 문화"로 자세하게 잡히고 이는 곧 무엇을 쓸지에 대한 망원경이 된다.

둘째, '무엇을 어떻게 쓸 것인가?'는 현미경이 된다.

"삶을 바꾼 음식과 문화"가 전체 쓸 내용이라면, How 다시 말해 무엇을 어떻게 쓸 것인가에 대한 부분을 현미경으로 들여다봐야 한다.

삶을 바꾼 음식과 문화의 한 부분이 '고기'라고 했을 때, 고기에 대해 어떻게 쓸 것인가를 생각한다. 우리나라 음식 문

화와 육류 소비가 경제에 미치는 영향을 말할 것인지, 다이
어트족들을 위해 고기를 먹으며 살 빼는 방법을 말할 것인지
또는, 세계 각국의 육류 문화에 대해 인식을 설명할 것인지에
대해 생각해야 한다. 꼭 하나의 생각으로 구조를 생각하지 않
아도 된다. 중요한 점은 쓰고자 하는 주제에 글 구조를 차차
날카롭게 다듬어 나가야 한다는 사실이다.

내가 쓰기로 한 책의 주제 : 우리가 먹는 음식 문화와 정서

무엇에 대해 쓸 것인가 : 삶을 바꾼 음식과 문화

무엇을 어떻게 쓸 것인가 : 우리 삶을 바꾼 음식 중 하나인 '고기'가

문화에 미치는 영향

지금까지 나온 이야기를 가지고 책의 콘셉트를 만든다면 전체 주제와 그에 따른 자세한 흐름을 각각 설명한다. 다음으로 작가가 제시할 수 있는 방법을 이야기한다. 마지막으로 삶을 바꾼 음식과 문화에 따른 우리가 해야 할 일은 무엇이고 앞으로 육류 소비에 따른 자세를 끝으로 결론을 맺는다.

전체 주제 흐름

현대 한국인의 식문화 -> 서구 식문화의 도입 -> 육류 소비의 증가

자세한 주제 흐름

탄수화물 중독자들 -> 한국인의 체형 변화 -> 육류 소비 증가에 따른 의료비 증가와 환경오염

해결 방법 제시

합리적 육류 생산과 소비 방법

실행

우리가 개선해야 할 식문화

결론

육류 소비에 따른 우리의 자세

알아둬야 할 점은 지금 책에 대한 주제로 만들어진 흐름과 콘셉트는 100% 확정으로 생각해서는 안 된다. 앞으로 글을 쓰는 가운데 계속 바뀔 수 있다는 걸 알아야 한다. 다만 지금 처럼 대략적인 기준과 콘셉트를 만들어놓지 않으면 글을 쓰는 본인도 모르게 흐름과 방향이 산으로 가 쓰려는 이야기가 엉망이 되기 일쑤다.

Check Point

효과적인 콘셉트 순서

1. 먼저 가장 쓰고 싶은 내용을 찾아 기획한다.

2. 설명의 다양한 방식을 생각하며 내용을 구상한다.

3. 관련된 자료를 찾아보며 어떻게 내용을 설명할지 구체적으로 기획한다.

쉬운 제목이 강하다

쉬울수록 강하다.

"잉크를 찍은 펜은 지혜의 쟁기다."

– J. 클라크

제목 정하기

이번 장에서는 본격적으로 책 쓰기로 생각한 주제에 대해서 제목으로 만들기로 하겠다. 제목은 명확하게 알아볼 수 있으면 더욱 좋다. 제목만 봐도 정확히 이 책이 무엇을 말하려고 하는지를 알 수 있게 만들어야 한다.

당신도 알고 있겠지만 서점에 가보면 수많은 책들이 있다. 특정 분야만 놓고 보더라도 어마어마한 분량의 책이 서점 섹

션에 놓여 있다. 게다가 하루에도 수십 수백 권의 책들이 서점에 쏟아지고 있는 상황이다. 이렇다 보니 눈길 한 번 받지 못하고 찬밥 신세로 전락해버리는 책들이 셀 수 없이 많다.

출판사와 작가들은 책의 제목에 특히 많은 에너지를 쏟는다. 그 이유는 제목과 함께 앞으로 나올 목차와 서문은 독자의 지갑을 열게 만드는 삼총사이기 때문이다.

책의 제목은 어떤 내용인지 무엇을 표현하려는지 분명하게 만들어야 한다. 곧 명시적으로 만들어야 한다.

책의 제목을 표현하는 방법은 많다. 제목에는 특정 대상이나 시기, 지역, 종류나 용도를 이야기하면 제목에 힘이 생긴다. 예를 들어 하루 10분 제주도 살기, 유튜브로 연봉을 버는 기술, 파리에서 쓰는 유언, 작가 되는 방법 등. 제목 자체에 힘을 주는 게 좋다.

특정한 대상 – 50대, 이력서 쓰는 아빠

특정한 지역 – 파리에서 쓰는 유언

특정한 종류 – 나는 유튜브로 연봉 번다

특정한 용도 – 하루 10분 작가 되기

특정한 시기 – 공유 비즈니스가 온다

제목을 봤을 때 너무 모호하고 많은 메시지가 담겨 있는 제목은 좋지 않다. 물론 내용과 다른 제목을 표현하는 경우도 있지만 처음 책을 쓰는 예비 작가들에게는 모호한 변화구보다 정직한 직구가 좋다. 무엇이든 기본이 가장 아름답고 강한 법이다. 기본을 지킨 담백한 제목에 조금씩 기교를 넣어 제목으로 만들기 바란다. 기본이 아닌 기교가 바탕이 되면 점점 힘이 빠져 속 빈 강정과 같은 책이 되기 십상이다.

예를 들어 음식에 관해 쓰기로 했다면 내 책을 읽기 바라는 독자의 수준을 생각해야 한다. 전문가를 위한 내용인지, 단순 교양과 배움인지 수준을 고려해야 한다.

트렌드 분석하기

다음으로 함께 고민해야 할 것이 바로 트렌드 분석이다. 현재 내가 쓰고자 하는 책의 형식을 가지고 있는 책이 시중에 있는지 찾아 봐야 한다.

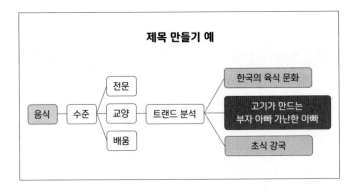

제목 만들기 예

음식 → 수준 → 전문 / 교양 / 배움 → 트렌드 분석 → 한국의 육식 문화 / 고기가 만드는 부자 아빠 가난한 아빠 / 초식 강국

시중에 나와 있는 책들을 보며 트렌드 분석과 콘셉트를 좀 더 명확하게 만들어야 한다. 그렇게 시장분석을 마치면 나만의 제목을 만들어보면 된다. 이때 중요한 점은 정말 내 책이 서점에 판매가 되는 것처럼 자신감을 가지고 과감하게 제목으로 만들어야 한다.

한 번 제목을 만들었다고 해서 멈추지 말고 수십 개의 리스트를 만들어 점차 줄여가는 식으로 만들기 바란다. 최종 하나가 남았을 때 그 제목으로 다음 책 쓰기 순서를 진행하면 된다.

Check Point

서점으로 행군하라

처음 책을 쓰는 사람에게는 많이 보는 게 중요하다. 서점은 이제 책을 쓰는 사람이나 이미 여러 번의 출간 경험이 있는 작가에게 좋은 교육의 장소다. 그만큼 보고 배울 게 많은 곳이다. 자신의 머리로만 생각하면 놓치고 생각하지 못한 부분이 생기기 마련이다. 지금 당장 서점으로 가 트렌드와 벤치마킹 할 만한 책을 찾아보며 준비하라.

예뻐야 목차다

예쁜 목차가 살아남는다.

"내가 우울한 생각의 공격을 받을 때

내 책에 달려가는 일처럼 도움이 되는 것은 없다.

책은 나를 빨아들이고 마음의 먹구름을 지워준다."

– 미셸 드 몽테뉴

"야. 소개팅할래?"

"예쁘냐?"

"… 내가 정말 아끼는 동생인데 참 착해."

"예쁘냐?"

예로부터(?) 전해져 오는 남자들의 본능적 질문 "예쁘냐?"

남자에게 있어 첫 만남에 가장 궁금한 점은 바로 얼굴이다.

그것도 예쁜지, 그렇지 않은지에 따라 남자들의 다음 행동이 결정된다.

연애학 개론을 설명하려 하려는 게 아니다. 사람은 외모가 중요하다는 걸 말하려는 것도 아니다. 사람들의 시각적인 요소가 중요하다는 걸 이야기하려는 것도 아니다. 단지 남자들이 예쁜 여자를 좋아하듯 책에 있어 제목과 목차는 독자의 관심을 끈다는 걸 이야기하고 싶기 때문이다.

사람으로 말하면 책의 제목과 목차는 얼굴이며 몸매다. 서점의 많은 책들 가운데 지나가는 사람들의 눈길조차 받지 못하고 사라져 가는 책들이 수없이 많다. 때문에 한 번의 눈길을 받고 발길을 붙잡기 위해 작가들이 책의 제목과 목차에 엄청난 시간과 정성을 쏟는다.

목차의 순기능은 책 전체 내용을 한 눈에 파악하고 빠르게 핵심을 짐작하는 데 있다. 모든 목차는 이것이 기본이다. 목차의 내용이 어렵고 보기 불편함을 느낀다면 십중팔구 독자에게 외면당한다.

나는 목차의 순기능에 더해 '무조건 예뻐야 한다'고 힘주어 말한다. 목차에서 예쁨이란 보기 편함을 말한다. 곧 가독성이 좋아야 한다. 저자가 말하고자 하는 내용을 보는 순간

짐작할 수 있도록 표현되어야 한다. 그 가운데 책의 본문과 마찬가지로 목차 안에서도 재미와 호기심을 느낄 수 있다.

목차는 표지판이다. 도로 위의 표지판이 눈에 띄지 않고 어렵고 복잡하다면 목차로서의 기능이 떨어지고 있다는 것과 다름없다. 독자들은 가독성이 떨어지는 책을 읽을 여유와 인내가 부족하다.

반대로 좋은 목차가 나오면 독자들의 관심을 받는 좋은 책이 나오기 마련이다. TV 프로그램이나 영화를 재방송으로 본다면 처음 봤을 때의 감동과 재미를 느낄 수 없는 것처럼 목차역시 만들 때 뻔한 영화나 드라마와 같은 흐름은 매력이 없다.

목차를 만들 때 하나의 꼭지에 반드시 하나의 메시지를 담을 수 있게 만들어야 한다. 또, 목차를 문장처럼 길게 늘어뜨리기보다 간결하게 만든 표현이 좋다. 욕심을 부린다면 말하고자 하는 내용을 은유나 비유 표현을 넣어 독자들의 머리에 메시지를 더욱 각인시킬 수 있다.

목차를 만드는 순서는 제목을 완성한 후 진행하거나 초고또는 원고가 만들어진 다음에 만들기도 한다. 반드시 처음부터 만들 필요는 없지만 목차를 쓰고 책의 본문을 쓴다면 책의 방향을 쉽게 잃지 않고 쓸 수 있다.

다시 말해 책의 콘셉트와 쓰고자 하는 방향을 잃지 않고 계속해서 쓸 수 있다는 말이다. 만약 콘셉트의 방향과 다르게 쓰이고 있다 하더라도 금방 제자리를 찾을 수가 있다.

나중에 목차를 만든다면 틀에 얽매이지 않고 더욱 빠르게 초고를 작성할 수 있게 된다. 하지만 여러 번 원고의 틀이 흔들릴 수 있는 단점과 퇴고 시간이 늘어나는 걸 감수해야 한다. 어느 쪽이 맞고 틀리고는 없다. 책을 쓰는 작가 본인이 편한 쪽을 선택해 진행하면 된다. 목차의 구성은 크게 3~5단 구성으로 만들거나 주제를 중심으로 각각의 다른 에피소드, 사건, 정보를 가지고 목차를 구성하기도 한다. 목차는 원고의 성격에 따라 다양한 구성이 만들어지므로 이 또한 정답은 없다.

목차 구성의 기본

3단 구성	4단 구성	5단 구성
서론	기	인식/주의
본론	승	흥미
결론	전	욕구
	결	방법
		결론/자세

중요한 점은 목차 구성에서 큰 목차와 작은 목차에서 말하고자 하는 내용이 연결된 느낌을 줘 혹시 모를 독자들의 혼란스러움을 피하도록 한다.

Check Point

매력을 담고 있는 목차의 특성

1. 가독성을 생각해 목차를 너무 길게 문장으로 만들지 않는다.

2. 전체 장을 이루는 큰 목차와 작은 목차 사이의 연결된 느낌을 주도록 한다.

3. 처음부터 마지막까지 책에서 말하고자 하는 '흐름'을 느낄 수 있도록 한다.

4. 말하고자 하는 내용의 핵심만 뽑아서 짧게 만든다.

유혹의 Key Maker

핵심 어휘를 준비하라.

"내가 인생을 알게 된 것은 사람과 접촉해서가 아니라
책과 접했기 때문이다."

— A. 프랜스

처음 책을 쓰는 사람들의 마음속에는 공포를 가지고 있다.
누구나 처음에는 글을 쓰려고 키보드 위에 손을 올려놓는 순
간 방황하다 시간만 보내게 된다. 흰색 백지에 첫 글자를 뭐
라고 쓰고, 어떻게 채울지 몰라 두려움을 느낀다. 바로 흰색
백지가 주는 공포다.

흰색 공포를 이기는 좋은 방법은 간단하다. 점을 찍는 것
이다. 단순히 '점'을 찍으면 된다. 점이 찍힌 흰 백지는 더 이

상 백지가 아닌 게 된다. 곧이어 처음과 같은 백지 공포는 사라지게 된다. 나아가 뭐라도 좋다. 공포를 이기기 위해서 주제와 상관없이 써놓은 글은 나중에 지우면 그만이다.

어느 정도 흰색 바탕이 주는 공포가 사라지면 **글에 필요한 키워드**keyword를 뽑아야 한다.

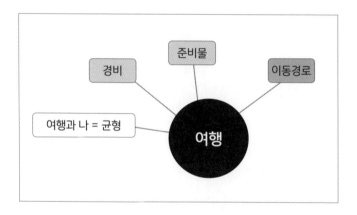

예를 들어 여행에 대한 주제로 글을 쓰기 시작한다고 가정해보자. 여행을 떠난다면 필요한 것이 무엇일까?
첫 번째로 여행을 떠나기 위한 최소한의 준비물이 필요하다.
두 번째는 돈, 바로 여행에 필요한 경비다.

세 번째는 목적지다. 여행 목적지는 어디며, 어디서 어떻게 갈지 루트를 알아야 한다.

여행을 위한 필요한 것 3개는 준비물, 경비, 방법 루트이다. 여행을 위해서 세 가지 중 만일 한 가지라도 빠진다면 제대로 된 여행을 하기 어렵다.

글쓰기로 돌아와 준비물, 경비, 방법은 여행을 위한 키워드이다. 곧 앞으로 쓰게 될 여행에 대한 문장과 내용을 잇는 Key Maker가 된다. 키워드는 말 그대로 이야기를 풀어내는 핵심과 중심이 되는 단어다.

단어가 아닌 문장이라도 상관없다. 본격적인 글을 쓰기 전 주제에 대한 핵심 어휘 3개를 찾는 것이 중요하다. 이 키워드는 쓰려는 내용에 핵심 또는 대표가 되는 어휘여야 한다. 당연한 이야기지만 주제와는 맞지 않는 전혀 엉뚱한 어휘를 찾으면 혼란스러운 글이 만들어지는 건 불 보듯 뻔하다.

쓰기 전 다음에 어떤 말keyword를 어떻게how 쓸 것인지, 계획 없이 쓴다면 오래 못 가 더 이상 말이 없어 막혀버리게 된다.

이렇게 만들어진 키워드를 통해 독자를 유혹하는 문장이 만들어지게 된다. 또, 키워드를 생각하며 글을 쓰는 시간을 아낄 수 있을 뿐만 아니라 주제에 맞는 방향을 유지하며 쓸 수 있는 장점이 있다.

키워드를 만드는 시간은 생각보다 오래 걸리지 않지만 주제에 관한 방향을 잃어 이 말 저 말 쓴 글을 고치는 시간은 비교할 수 없이 오래 걸린다.

Check Point

키워드로 눈을 높여라

1. 다른 사람의 책을 보며 키워드를 찾는 연습을 한다.

2. 읽고 있는 내용의 핵심 키워드는 무엇인가?

3. 핵심 키워드를 기준으로 보조하는 키워드는 무엇이 있는가?

4. 공감을 일으킬 만한 키워드인가?

5. 키워드의 의미를 제대로 표현한 글인가?

4교시
쓰기

요일별
텐 코어(10 CORE)

초고는 쫓기듯 써라

백 번 고칠 각오로 쫓기듯 써라.

"〈범죄의 재구성〉 초고는 그 2년 중 초반 4개월 만에 썼다.

내 지론은 그렇다. 어차피 쓰레기가 나올 테니

일단 빨리 쓰고 보자."

– 〈범죄의 재구성〉 최동훈 감독

지금부터는 본격적인 책 쓰기 시작이다. 10일 안에 쓴다는 각오로 시작해야 한다. 초고는 분량이 중요하지 않다. 얼마큼의 양을 쓰느냐 보다 완성이 중요하다.

자, 이쯤에서 이 책의 제목을 다시 생각해보자. 10일 안에 쓴다. 10일이라는 짧은 시간에 책의 뼈대가 되는 초고를 쓰는 일이다. 어렵고 불가능한 일이라고 생각할지 모르겠다. 쉬운 일이라고 말하지 않겠다. 그렇다고 시도조차 못할 만큼 어려운 일은 아니다.

앞에서 브레인스토밍으로 주제를 찾아내는 방법을 소개했다. 브레인스토밍의 정석은 '맞고, 틀림'이 없다. 정답이 있다면 머리에 있는 내용을 자유롭게 쏟아내는 것이다. 곧, 브레인스토밍은 고침이 아니라 쏟음이다.

초고는 뒤돌아보고 반성(?)하며 고쳐 쓰는 게 아니다. 써놓은 글이 마음에 들든 그렇지 않든 우선은 반드시 끝장을 보겠다는 진취적 사고로 써야 한다.

당신은 알게 모르게 그동안 좋은 글을 많이 봤다. '쓰기'보다는 '읽기'에 더 가까운 삶, 글과는 먼 인생을 살아왔다. 그런 가운데 갑자기 글을 쓰겠다고 해서 생각이 글로 잘 표현이 되겠는가? 십중팔구는 쓰레기 같은 글이 나왔다고 불평하며 자신이 쓴 글을 애써 외면하고 싶은 마음이 들게 된다.

그래서 10일 안에 쓴 초고는 분명 마음에 들지 않게 된다. 아마 온전한 정신을 가지고 읽기 쉽지 않을 정도로 난잡한 수준의 글이 분명할 것이다.

다시 한 번 말하지만 초고는 우선 끝내겠다는 일념으로 써야 한다. 많은 사람들이 초고도 완성하지 못한 채로 자신의 글 솜씨만을 탓하며 스스로 포기하고 만다.

불안하고 초초하며 배움의 부족을 느낄 수 있다. 그러니 **불안하고 포기하고 싶은 생각이 들기 전에 끝내야 한다.** 당신이 생각하는 시간보다 훨씬 더 앞당겨 써야 한다. 다시 말해 지치기 전에 끝내버려야 한다.

당신의 책 한 권이 5년, 10년 또는 언제가 될지 모르고 평생에 걸쳐 쓸 일이 아니란 말이다. 초고가 빨리 나오면 다음 작업인 탈고를 서둘러 진행할 수 있게 되며 그만큼 원고 마무리도 빨라진다.

초고 다음에 탈고, 그다음 원고다. 초고가 없으면 탈고도 없고, 원고 역시 있을 수 없다.

완전 원고가 나오면 책이 만들어지는 건 시간문제다. 그래서 초고는 가능한 빨리 쓰고 고쳐 쓰는 작업인 탈고를 진행해야 한다. 이미 앞에서 말했지만 10일은 불가능한 숫자가 아니다. 당신이 10일 안에 쓰지 못한다고 인정하고 할 수 없는 일이라 생각한다면, 또 그렇게 말하는 사람들의 말을 믿고 멈춘다면 그들을 인정하는 것밖에 되지 않는다.

10일 안에 쓴 초고를 100일 동안 고친다면 그 원고의 수준은 어떻게 변하겠는가. 100일 동안 고친 글은 당신이 생각하는 것 이상으로 수준 높은 책이 된다. 100일 동안 고쳐보지 않아 글 수준이 떨어지고 보기 싫을 뿐이다. 혹시 작가들은 일필휘지—筆揮之로 한 번 쓰면 그대로 명문장이 될 거라고 생각하는가? 당신이 알고 있는 대부분의 작가들이 자신의 글을 고치고 또 고친다. 그렇게 수없이 반복해 고친 원고가 당신이 그동안 읽었던 책들이다.

다시 한 번 말하지만 초고는 원고가 아니다. 고칠 곳이 많은 불완전한 원고다.

초고를 쓰는 가운데 지금 당장 잘 모르거나 글이 막히는 부분은 그대로 비워놓고 계속 쓰면 된다. 더불어 초고를 쓰는 가운데 자기 의심이 들 수 있다. '이렇게 써도 될까?', '졸작을 만들어 쓰레기와 같은 글을 만들면 어떻게 하나? 이거야말로 민폐 아닌가?' 하는 생각이 들 수 있다.

초고를 진행할 때 오는 당연한 의심이다. 책을 쓰는 동안 계속해서 자기 부정과 함께 의심이 끊이지 않게 되며 막을 수도 없다. 의심은 책을 다 써야 사라진다.

어차피 막을 수 없는 의심이라면 최대한 초고를 빨리 끝내야 한다. 의심을 확신으로 바꾸는 퇴고 작업에 더 많은 시간을 투자하면 된다. 쓰는 가운데 배움과 필력이 생긴다. 절대 머리로만 글을 쓰면 발전이 없다. 머릿속 생각보다는 손으로 얼마만큼 더 많은 표현을 하느냐에 따라 그 사람의 필력이 좌우된다.

그러니 써야 할 글이 있다면 주저하지 말고 지금 당장 써라. '이렇게 써도 될까?'를 생각하기보다 나만이 가지고 있는 글 스타일을 써라. 그래야 가지고 있는 내용이 막힘없이 나온다. 이야기하듯 편한 글이 읽기 부담 없고 독자들이 좋아하는 글이지만 완성된 글에 생각이 묶여 쓰기를 멈춰서는 안 된다. 당신 스스로를 믿고 써야 한다. 분명히 좋은 글의 뼈대가 나오리라는 확신을 가지고 쓰면 된다. 이미 책을 쓰기로 마음먹고 행동하는 것 자체가 당신은 특별한 사람이며 책을 쓸 만한 사람이라는 반증이니 자신 있게 써라.

더불어 초고는 시간 안에 못 쓰면 미션에 실패하는 것과 같이 스스로 누군가에 쫓기듯 써야 한다. 천천히 시간을 가지며 쓰는 게 좋아 보이겠지만 그래봐야 초고다. 아무리 잘 쓰고 훌륭한 초고라 할지라도 퇴고를 하지 않는 초고는 있을 수 없다. 책의 제목처럼 100번 고치면 졸작도 작품이 된다. 초고는 쫓기듯 몰입해 10일 안에 쓰고 100일 동안 빼고 더하고 고치며 써라.

절대 영감이 떠오를 때를 기다리지 마라. 매일 실패하며 글을 써라. 주제에 대한 참신한 아이디어가 떠오르기를 기다릴 게 아니라 쏟아내야 한다. 내가 가지고 있는 것을 다른 그 누군가에 글로 나눈다는 일은 특별한 나눔이다. 명심하라. 당신이 쓴 글이 좋은 당신임을 증명한다. 오늘도 계속 써라.

Check Point

초고를 위한 몰입의 환경을 만들어라

1. 카페는 또 하나의 집필 공간

집중이 떨어지거나 글감이 떨어져 더 이상 진도가 나가지 않는다고 느껴질 때 장소를 바꿔라. 답답한 사무실이나 늘 익숙하고 다를 것 없는 집안보다 낯선 환경이 주는 긴장과 백색소음이 있는 카페가 오히려 책을 쓰는 데 집중하게 한다. 자주 가는 카페 의자, 조명, 테이블이 기울어 있는지 확인한 뒤 최적의 자리라고 생각되는 곳에서 써라.

2. 책을 쓰는 데 방해 받지 않는 시간을 알아둔다.

책을 쓰는 데 방해 받지 않고 집중할 수 있는 시간을 정확히 알고 있다면 훨씬 더 몰입해서 쓸 수 있다. 분명 짧은 시간 책을 썼다 할지라도 평소보다 많은 분량의 글을 쓰게 된다.

3. 스마트폰은 기본 순기능만 이용하라.

초고를 10일간 몰입해서 쓰기로 결정했다면 휴대폰 게임, 기타 시간을 잡아먹는 앱은 전부 지워라. 지우기가 곤란한 앱이나 데이터는 따로 저장해 책을 쓰는 10일간만 보관한다. 몰입해서 책을 쓰는 10일은 방해 요소가 없어야 한다. 언제 어디서든 책을 쓰기 쉽게 최적의 환경을 만들어놓는다.

4. 시간 관리를 반드시 해야 한다.

아침에 일어나는 시간과 퇴근 후 시간, 주말 시간을 어떻게 이용하고 평소 자투리 시간을 어떻게 확보할지 반드시 계획 세워둔다.

5. 모임, 만나는 사람을 줄여라.

친한 친구, 직장 동료, 그 밖의 모임 역시 10일은 초고 쓰기에 몰입하고 그 이후에 만나도록 한다. 어렵게 만든 책 쓰기 리듬을 쉽게 무너뜨리는 가장 큰 요소는 가까운 지인이 만든다. 버티고 집중하면 당신의 생각보다 그 열매는 정말 달다.

청첩장을 기억하라

한 번에 전부 담으려 하지 마라

손을 계속 움직이라. 방금 쓴 글을 읽기 위해 손을 멈추지 말라.

그렇게 되면 지금 쓰는 글을 조절하려고 머뭇거리게 된다.

편집하려 들지 말라. 설사 쓸 의도가 없는 글을 쓰고 있더라도

그대로 밀고 나가라.

– 《뼛속까지 내려가서 써라》 중에서

어쩌면 당신이 제일 궁금해하는 내용이 아닐까 생각해본다. 책을 쓰는 방법! 글 실력을 올리는 방법. 구체적인 그 방법이 제일 궁금해 인내심을 가지고 여기까지 참고 왔는지도

모르겠다. 앞서 말했듯 다른 사람을 의식하지 않는 자연스러운 쓰기가 중요하며 묵묵히 쓰는 모습이야말로 작가다운 모습이다. 본격적인 초고의 본문을 쓰기 전에 서문을 먼저 완성해놓는 게 마음 편히 쓸 수 있다.

　서문은 독자들로 하여금 본문을 읽게 하기 위함이다. 서문은 앞으로 써야 할 본문과 다르다. 독자가 이 책의 주제는 무엇What이고, 읽어야 하는 이유Why를 압축해서 간결하게 써야 한다. 서문은 전체 지면으로 봤을 때 결코 본문에 비해 내용이 많지 않다. 많은 내용을 짧게 압축해 표현하고 작가가 말하려는 전반적인 내용과 의도를 압축해 짧은 지면에 표현해야 하는 곳이기 때문에 오히려 본문보다 쓰기 어려운 게 사실이다. 때문에 당신의 필력이 여실히 드러나는 순간이므로 긴장하며 써야 한다.

　독자들은 생각보다 시간이 없고 조급한 마음을 늘 가슴에 담고 있다. 때문에 꼭 필요한 내용을 담아야 하며 서문은 본문이 아니라는 점을 기억하며 써야 한다.
　예를 들어 결혼식 청첩장을 받았다고 했을 때 어떤 정보가 있는지 잠시 생각해 보길 바란다. '정보? 정보라고 할 게 뭐 있나?'라고 생각할지 모르겠지만 분명히 핵심 정보가 담겨 있다.

첫째, 누가 결혼하는지, 둘째, 언제 어디서 결혼식을 하는지, 셋째 장소를 위한 약도와 교통편 정보가 있다.

결혼을 하는 사람마다 조금씩 다를 수 있지만 생각해 보면 이 세 가지 정보는 반드시 들어가 있다. 이 내용이 없다면 청첩장이라 말할 수 없다. 서문 역시 결혼식 청첩장과 마찬가지로 크게 다르지 않다.

필요 이상 많은 내용을 담아버리면 서문이 아니라 본문의 내용과 다를 바 없기 때문이다. 서문이 쓰기 어려운 이유는 바로 여기에 있다. 설명이 부족하면 더 쓰면 되지만 지면의 한계와 꼭 들어가야 할 내용만 힘주어 말해야 하므로 서문이 쓰기 부담스럽고 어려운 이유다.

그렇다면 서문에서 **무엇을 첫 문장에 쓸 것인가?** 다시 말해 **어떻게 하면 첫 문장으로 독자를 유혹할 것인가?**

유쾌하거나 호기심 또는 행복과 재미를 줄 수 있으면 좋다. 당신의 책을 읽는 독자가 부정보다는 긍정을 하게 만들어야 한다. 당신의 글에 방법을 찾고 재미와 책을 읽는 독자 자신도 할 수 있다는 희망을 느끼도록 말이다.

우선은 모두가 알 수 있는 쉽고 충분히 이해되는 단어를 사용해 서문을 써야 한다. 이때 문장은 부정보다는 긍정으로 표현하는 게 좋다. 다음으로 서문의 첫 문장을 시작하는 여러 가지 방법이다.

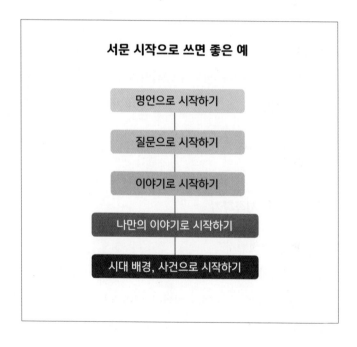

서문 시작으로 쓰면 좋은 예

명언으로 시작하기

질문으로 시작하기

이야기로 시작하기

나만의 이야기로 시작하기

시대 배경, 사건으로 시작하기

1) 명언으로 시작하기

"가족들이 서로 맺어져 하나가 되어 있다는 것이 이 세상에서의 가
장 유일한 행복이다."

– 퀴리 부인

가족을 위해서라는 이유로 잠자는 시간까지 아껴가며 치
열하게 살았다. 가족의 행복을 위해서 말이다. 그렇게 하루를
정신없이 살아가던 어느 날 문득 내 인생에 무언가 빠진 것
같다는 느낌이 들었다. 허무와 공허의 중간 그 어딘가의 감정
을 느끼고 있었던 것 같다. 하지만 그마저도 나는 사치라는
생각을 했다.

2) 질문으로 시작하기

습관이란 무엇인가?

습관의 정의에 대해서 알기 이전에 습관을 통해서 그 무
언가를 얻게 될 자신을 먼저 믿어야 한다. 나도 할 수 있다는
강한 의지가 수반되어야 좀 더 강력한 습관을 만들 수 있다.

자동차의 왕이라고 말하는 헨리 포드는 "당신이 할 수 있다고 믿든, 할 수 없다고 믿든 믿는 대로 될 것이다."라고 말했다. 성공하든 실패하든 그 어느 쪽이든 우리의 마음은 그쪽을 향해 가게 되어 있다. 다시 말해 그만큼 자기 자신을 믿고 누구보다 신뢰해야 한다는 말이다.

3) 이야기로 시작하기

새 한 마리가 있다. 몸집이 크고 무거워 움직임이 둔한 새. 물갈퀴 때문에 걷거나 뛰는 모습이 우스워 '바보새'라고 불리던 새. 소리를 내고 돌을 던지며 놀래켜도 뒤뚱뒤뚱 도망가다 잡히는 바보새.

그러나 어떤 새도 날 수 없을 만큼 사나운 폭풍이 몰려올 때 바보새는 가장 위대한 날갯짓을 한다. 그리고 앨버트로스는 모든 새들이 보란 듯이 더 멀리 오래오래 웅장한 비행을 한다.

4) 나만의 이야기로 시작하기

어느 금요일 퇴근길 형에게 안부 전화가 왔다. 별일 없냐
는 인사와 함께 불금인데 뭐 하냐는 말에 카페에 가서 책을
읽을 거라고 말했다.

'청승맞게 뭐 하는 짓이냐'는 비아냥 섞인 말들이 전화기
너머로 들려왔다. 그렇다. 나는 청승 맞는 짓을 하고 있었던
것이다.

미국 사상가 겸 문학자인 '헨리 데이비드 소로'는 이런 말
을 했다.

"얼마나 많은 사람들이 책 한 권을 읽음으로써 인생에 새
로운 전기를 맞이했던가."

5) 시대 배경, 사건으로 시작하기

"여보! 당신을 정말 사랑해. 사랑해. 사랑해. 우리 딸 에이
미도 정말 사랑해. 에이미를 잘 돌봐줘. 당신이 남은 인생에서
무엇을 결정하든 꼭 행복해야 돼. 나는 당신이 어떤 결정을 하
더라도 존중할 거야. 그리고 그 결정이 날 편하게 할 거야."

2011년 세계를 놀라게 한 9 · 11 테러 사건의 피해자 중

한 명이 남긴 메시지다.

  서문을 시작하는 방법은 여러 가지가 있지만 너무 많은 이야기가 아닌 읽고 싶게 만드는 일이 최우선이다. 어차피 못다한 이야기는 본문에서 하게 되어 있다.

Check Point

유혹하는 서문의 조건

1. 책을 쓰게 된 동기

2. 이 책만이 가지고 있는 구성과 읽는 방법

3. 책이 담고 있는 핵심 메시지

4. 반드시 책을 읽어야 하는 이유

5. 하고 싶은 말을 너무 많이 하지 않는다.

뚜껑 열리게 써라

첫 문장은 매끄럽게 시작하라.

노벨문학상을 수상한 작가 토니 모리슨은 이렇게 말했다.
"당신이 정말 읽고 싶은 책이 아직 써지지 않았다면,
그것을 써야 할 사람은 당신이다."

드디어 본문 원고의 시작이다. 처음 시작은 키보드 위에 손이 어디로 가야 할지 몰라 하염없이 방황하게 된다. 막상 쓰려고 하면 어떻게 시작을 해야 할지 막막한 기분이 들기 마련이다. 그 기분을 충분히 이해한다.

많은 사람들이 본문 첫 문장을 시작할 때 어떻게 시작을 해야 할지 몰라 어려움을 느낀다. 본문 첫 문장을 매끄럽게 시작하는 다섯 가지 방법을 소개한다.

1) "나는 ○○○ ~ ○○이다" 또는 "지금은 ○○○ ~ ○○이다"로 시작하기

사회 이슈, 트렌드, 또는 단 한 문장으로 시선을 끌 수 있는 첫 문장으로 시작한다. 첫 문장 후 바로 설명을 이어 쓸 수 있어 편하다.

> **예** 나는 초식동물이다. 한 끼 식사가 아니다. 한 번의 삶을 걸고 뛰는 초식 세계의 동물. 매일 최선을 다해 살아간다.

2) 데이터로 시작하기

말하고자 하는 내용을 **수치, 통계** 등 **믿을 만한 데이터**로 시작하면 독자의 신뢰를 얻을 수 있다. 있는 그대로 정보를 쓰는 것이기에 한결 가볍게 첫 문장을 시작할 수 있다.

예 2013년 반등을 시작한 부동산 시장은 2018년 초여름까지 지속적인 상승세를 이어왔다. '아파트를 분양받으면 돈이 된다'는 사람들의 인식은 청약 경쟁이 100대 1을 넘는 단지를 만들었고 분양권 거래도 증가했다. 정부는 시장 안정을 위해 아파트 청약 자격을 강화하고, 분양권 전매제한 기간을 늘렸다. 또한 분양권의 양도세 부담을 50%까지 확대했다.

3) 인용으로 시작하기

인용 역시 부담 없이 첫 문장을 시작하는 방법이다. **명언, 책 글귀, 기사, 칼럼, 논문** 등 이미 검증된 내용을 기반으로 시작하기 때문에 큰 부담이 없다. 인용된 내용을 가지고 자신의 생각을 덧붙여 시작하면 된다.

예 《영혼을 위한 닭고기 수프 시리즈》 저자인 마시 시모프, 캐럴 클라인은 그의 책 《이유 없이 행복하라》는 책에서 사람이 얼마나 부정적인 생각을 많이 하는지 알려준다. "사람은 하루에 6만 가지가 넘는 생각을 하는데 그중 95%는 어제, 아니며 그 전날 했던 생각과 똑같은 생각이며 그중 80%인 4만 5천 가지 생각이 부정적인 생각"이라고 말한다. 문제는 부정적인 생각이 단지 생각으로만 그치지 않는다는 것이다.

4) 이야기로 시작하기

이야기는 가장 편하게 시작할 수 있는 방법 중 하나다. **누구도 경험할 수 없었던 내 이야기**로 시작해도 좋고 다른 사람의 이야기를 가지고 시작해도 좋다. 또, 아주 옛날 있었던 이야기로 시작할 수 있다.

> 예　독일의 화학자 프리드리히 아우구스트 케쿨레1829~1896는 벤젠의 분자 구조를 밝혀내기 위해 오랫동안 고민했다. 어느 날, 케쿨레는 꿈속에서 뱀 한 마리를 보았다. 특이하게도 그 뱀은 자신의 꼬리를 물고 있었다. 그 순간, 케쿨레는 그토록 목마르게 찾고 있던 해답을 발견했다. 벤젠의 분자 구조는 직선이 아니라 고리 모양이었다는 걸 알았다.

5) 팩트로 시작하기

말 그대로 **사실로 시작한다**. 과거와 현재 있었던 일이나 지금 발생하고 있는 상황을 가지고 시작한다.

> **예** 6월과 11월에는 전 세계 슈퍼컴퓨터를 성능에 따라 1위~500위까지 정한 'Top 500' 리스트가 발표된다. Top 500 리스트 중 가장 빠른 슈퍼컴퓨터는 어떤 컴퓨터일까? 2014년 11월 발표된 슈퍼컴퓨터는 중국이 차지했다. 중국의 텐허2Tianhe-2, 天河가 세계에서 가장 빠른 컴퓨터로 1위에 올랐다고 한다. 집 채만 한 컴퓨터에서 지금에 이르기까지 컴퓨터는 엄청난 발전을 했다.

《뼛속까지 내려가서 써라》의 나탈리 골드버그는

"일단, 닥치고, 써라. / 써라, 거침없이 쓰라. / 써라. 손을 쉬게 하지 말라. / 써라. 너무 많이 생각하지 말라. / 써라. 편집은 나중에 하라."라고 말했다.

첫 문장을 시작할 수 있는 방법이 많아도 마음처럼 쉽지 않다는 걸 안다. 세상 모든 것이 그러하듯 공짜는 없고 하루 아침에 바라던 일이 이뤄지진 않는다. 지금 당장은 써놓은 글이 마음에 들지 않아도 참고 끝까지 완성하길 바란다. 완성이 비결이다.

Check Point

첫 문장을 시작하는 또 다른 유형

1. 최근에 일어나는 사건, 사고 또는 재미있는 사실로 시작하기

2. 유머, 재미있는 이야기로 시작하기

3. 주제, 목차에서 말하고자 하는 메시지를 담은 질문으로 시작하기

4. 모두가 공감할 만한 내용으로 시작하기

5. 주제 및 말하고자 하는 내용의 결론부터 시작하기

6. 명언으로 시작하기

4일

핵심은 간결하다

잘 모르거나 확신이 없을 때
그때가 문장이 길어지는 순간이다.

"당신에게는 사실 책상조차 필요하지 않다.
당신의 책상은 지하철에도, 욕실의 변기에도 있을 수 있다.
생각에 몰두할 수만 있다면 책상은 어디에나 있다."

– 조슈아 패리스

집중을 방해하지 않는 글, 읽기 편하고 좋은 글을 써야
한다.

읽기 편하고 좋은 글을 위해서는 첫째, 간결하게 써라. 길

게 늘어뜨려 문장을 썼던 사람이라면 갑자기 간결하게 문장을 끊어 쓰는 게 쉽지는 않다. 단순히 짧게만 쓰는 걸 말하는 게 아니다. 짧게 쓰는 것보다 중요한 간결하게 써야 한다. 간결한 문장으로 쓴 글은 읽기 쉽다.

옛날에 놀부와 흥부가 살았다. 놀부와 흥부는 형제다. 놀부는 늘 욕심이 많았다. 흥부는 가난하게 살았다. 놀부는 흥부를 도와줄 생각이 없었다. 놀부 부인도 남편처럼 욕심이 많았다. 어느 날 흥부는 형에게 구걸하러 갔다.

이 글은 어떤 느낌이 드는가? 단순히 짧게만 쓴 문장은 산만한 글이 된다. 곧 짧은 글이 좋다하여 무조건 짧게만 쓴다면 오히려 집중을 방해하고 만다.

간결한 문장이란 군더더기 없는 문장을 말한다. 불필요한 단어와 중복된 의미를 버리고 핵심을 알 수 있게 하는 문장이다. 간결하게 쓴 문장은 그 자체로 힘이 있으며 분명한 전달력과 함께 완성에 가깝다. 잘 모르거나 애매하고 확신이 없는 상황일 때 문장이 길어지게 된다.

간결한 글이 멋없고 창피하다는 생각은 처음부터 버려야

한다. 어렵게 쓰고 아는 척하는 게 창피한 글이다. 간결하게 쓴 글이 쓰기는 어렵지만 읽기는 편한 글이다. 《노인과 바다》를 쓴 헤밍웨이 역시 "읽기 쉬운 글이 쓰기 어렵다"고 말한 것처럼 긴 문장보다 간결한 글이 훨씬 쓰기 어렵다. 그렇다면 읽기 쉬운 간결한 문장은 어떻게 만들어야 할까?

첫째, 한 문장 속에 하나의 메시지만 담는다.

이런저런 여러 생각을 담아서는 안 된다. 작가의 욕심에 많은 생각을 전달하는 순간 문장은 길어지고 간결함에서 벗어나고 만다. 많은 메시지가 담겨 마침표가 늦게 나오는 긴 호흡의 글은 초점이 흐리다. 초점이 흐리다는 건 문장의 정확성 역시 떨어진다는 말과 같다. 일반적인 글을 쓸 때 간결하게 써 손해 보는 경우는 거의 없다. 간결하게 써야 글에 힘이 붙고 전달력이 생긴다.

둘째, 쓴다면 재미있게 써라.

정말 재미있는 요소를 내용에 넣어 웃음과 재미를 불러올 수 있지만 진짜 재미는 다른 데 있다. 바로 계속 읽히는 글이다. 흐름이 끊기지 않고 계속 읽히는 글이 재미있는 글이며 좋은 글이다.

같은 이야기라도 어렵게 말하는 사람과 쉽게 말하는 사람이 있듯, 글이 잘 읽힌다는 말은 문장이 이해하기 쉽다는 뜻이다. 곧 문장에 사용했던 단어 역시 어렵지 않은 쉬운 단어를 썼다는 말이다. 그렇지 않고 어려운 단어를 사용하면 설명을 할 수밖에 없다.

그렇게 만들어진 글이 아무리 봐도 도통 무슨 말을 하는지 알 수 없거나 이해하기 어려운 문장이라면 결코 좋은 글이라고 할 수 없다. 어려운 단어를 피해 쉬운 단어로 바꿔 표현하는 일은 기술이며 독자를 위한 작가의 배려.

또 하나, 간결하게 쓰되 일관성을 유지해야 한다.

콘셉트와 주제가 좋아도 글의 일관성이 없다면 독자들은 혼란스럽다. 아무리 간결한 문장이라 할지라도 일관성이 사라진 글은 독자의 외면을 부르기 때문이다.

잡지는 다양한 읽을거리와 재미 요소가 있다. 하지만 하나의 일관성 있는 주제가 아니다. 반면에 책은 잡지와는 비교할 수 없는 많은 이야기를 하고 있지만 하나의 주제를 벗어나지 않는다. 바로 이 점이 잡지와 책의 다른 점이다.

많은 작가들도 이 같은 사실을 알기에 늘 간결하고 일관성 있는 글을 쓰기 위해 고민한다.

Check Point

인용과 발췌

프로토타입 역시 인용과 발췌가 들어가면 훨씬 글의 신뢰를 높일 수 있다. 책을 인용할 때는 저자, 책이름 등을 밝혀야 하며 한 책만 인용하지 말고 다른 책도 함께 찾아보며 확인해야 한다. 방송, 신문 이나 기사, 칼럼을 인용한다면 이름, 발행 월, 일 또는 TV 프로그램명을 밝혀야 한다.

5일

프로토타입을 만들어라

찢어버리고 싶은 글이라 할지라도
핵심을 넣으면 달라진다.

처음 시작은 가장 용기 있는 자만이 할 수 있다.

– 노르웨이 속담

　책의 초고를 처음부터 완성도 높게 쓰기는 어렵다. 그렇다고 아무렇게나 쓰기에는 글의 콘셉트에서 벗어나므로 초고라 할지라도 그 선을 지켜야 한다.

　일반적으로 기업에서는 시장에 상품을 내놓기 전에 제품의 성능과 검증을 위해 핵심 기능만 넣은 시제품, 견본품이라 말하는 프로토타입을 만든다. 프로토타입 제품을 통해 기업은 고객 또는 사용자로부터 피드백을 받아 혹시 모를 위험을 피할 수 있다. 글에도 프로토타입을 만들어 진행할 수 있다.

처음부터 완벽한 글을 만들어 시작할 게 아니라 찢어버리고 싶은 글이라 할지라도 말하고자 하는 핵심을 넣어 문장을 만들면 달라지기 시작한다. 더구나 어차피 시제품이기 때문에 완벽하게 만들 욕심은 처음부터 내려놓는다.

프로토타입의 핵심은 키워드다. 옛날이야기를 가지고 프로토타입 글을 만든다고 했을 때 상황에 맞는 키워드를 생각한다. 예를 들어 "국밥, 선비, 과거시험, 아이, 꿈"과 같이 쓰고자 하는 내용의 핵심 키워드를 기준으로 프로토타입이 만들어지면 하나, 둘씩 내용을 붙여가며 프로토타입 글을 만든다.

프로토타입 쓰기 과정

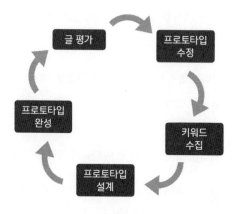

스토리가 있는 프로토타입 글

옛날 어느 선비가 과거를 보러 가다 배가 고파 어느 마을 장터
에 들렀다. 어떤 아이에게 밥을 사줬다. 길에서 쉬던 중 잠들
었고 꿈에서 국밥을 사줬던 아이를 만났다. 과거를 보러간 선
비는 좋은 점수를 받게 되었다. 모든 게 꿈에서 만난 아이 덕
분이라 생각했다.

프로토타입을 기준으로 완성된 글

옛날 한 선비가 과거를 보러 가다 배가 고파 어느 마을 장터에 들렀다.

- 옛날 한 선비가 과거 시험을 보러 어느 마을을 지나고 있었습니다. 허기를 느낀 선비는 마을 장터 주막에 들렀습니다.

가난해 밥을 먹지 못하는 불쌍해 아이에게 국밥을 사줬다.

- 주문하고 책을 보던 선비는 행색이 초라한 아이가 밥을 먹는 사람들을 빤히 쳐다보는 걸 보았습니다. 선비와 눈이 마주친 아이는 부끄러운 듯 눈을 피했습니다. 선비는 말없이 국밥 한 그릇을 더 시켜 아이에게 주었습니다. 아이는 말없이 허겁지겁 국밥을 먹었습니다.

다시 길을 가다 잠깐 쉬던 중 잠들었고 꿈에서 국밥을 사줬던 아이를 만났다.

- 다시 길을 떠난 선비는 어느 정자에 앉아 잠깐 쉬던 중 잠이 들었습니다. 꿈에 어느 사내가 말없이 선비에게 다가오고 있었습니다. 선비는 사내의 얼굴을 보자 그제야 마을 장터에서 국밥을 사줬던 아이라는 것을 알았습니다.

다시 과거를 보러간 선비는 좋은 점수를 받게 되었다.

- 아이는 그동안 많은 날을 마을 장터 주막에 있었지만 선행을 베
  푼 사람은 없었다며 좋은 일이 있을 것이고 지금과 같은 마음을
  잊지 말라 말한 뒤 어디론가 사라졌습니다.

모든 게 꿈에서 만난 아이 덕분이라 생각했다.

- 꿈에서 깬 선비는 이상한 꿈이라며 다시 일어나 길을 떠났고 얼
  마 지나지 않아 선비는 장원급제를 하게 되었습니다. 훗날 이 일
  은 사람들에게 알려지기 시작했고 국밥은 인심을 대변하는 음
  식이 되었습니다.

처음 프로토타입 글

옛날 어느 선비가 과거를 보러 가다 배가 고파 어느 마을 장터
에 들렀다. 어떤 아이에게 밥을 사줬다. 길에서 쉬던 중 잠들
었고 꿈에서 국밥을 사줬던 아이를 만났다. 과거를 보러간 선
비는 좋은 점수를 받게 되었다. 모든 게 꿈에서 만난 아이 덕
분이라 생각했다.

프로토타입 완성한 글

옛날 한 선비가 과거 시험을 보러 어느 마을을 지나고 있었습니다. 허기를 느낀 선비는 마을 장터 주막에 들렀습니다.

주문하고 책을 보던 선비는 행색이 초라한 아이가 밥을 먹는 사람들을 빤히 쳐다보는 걸 보았습니다. 선비와 눈이 마주친 아이는 부끄러운 듯 눈을 피했습니다. 선비는 말없이 국밥 한 그릇을 더 시켜 아이에게 주자 아이는 기다렸다는 허겁지겁 국밥을 먹었습니다.

다시 길을 떠난 선비는 어느 정자에 앉아 잠깐 쉬던 중 잠이 들었습니다. 꿈에 어느 사내가 말없이 선비에게 다가오고 있었습니다. 사내의 얼굴을 보자 선비는 그제야 마을 장터에서 국밥을 사줬던 아이라는 것을 알았습니다.

아이는 그동안 많은 날을 마을 장터 주막에 있었지만 선행을 베푼 사람은 없었다며 좋은 일이 있을 것이고 지금과 같은 마음을 잊지 말라 말한 뒤 어디론가 사라졌습니다.

꿈에서 깬 선비는 이상한 꿈이라며 다시 일어나 길을 떠났고 얼마지 나지 않아 선비는 장원급제를 하게 되었습니다. 훗날 이 일은 사람들에게 알려지기 시작했고 국밥은 인심을 대변하는 음식이 되었습니다.

프로토타입을 만드는 원칙은 두 가지다.

첫째, 말하려는 핵심만 쓴다.

완성된 글을 쓰려는 게 아니다. 말하고자 하는 내용이 많아도 프로토타입을 만드는 것이므로 짧은 한 문장으로 마무리한다. 문장이 길어지면 나중에 글을 수정하는 시간이 더 길어지기 때문에 처음부터 단문으로 핵심을 담아 짧게 써야 한다.

둘째, 문장을 다듬지 않는다.

보통 프로토타입 제품 외관은 예쁘지 않다. 프로토타입의 제품은 핵심 기능을 제외하고는 외형을 따로 만들지 않기도 한다. 어차피 완제품이 아닐뿐더러 최종 사용자에게 가지 못하는 제품이기 때문이다. 엉성하고 예쁘지 않은 글을 보면 고치고 싶은 마음이 드는 건 당연하다. 그러나 중간에 쓴 문장을 고치기 시작하면 지금 써야 할 내용의 흐름이 끊기게 된다. 프로토타입의 글에 너무 많은 시간이 사용하게 되면 체력과 감정 소모가 많아진다. 문장을 정갈하게 고치고 싶더라도 참고 프로토타입을 완성한다. 절대 완벽주의에 빠져 손을 멈추게 해서는 안 된다.

이렇게 쓰기 시작한 글은 늘 긍정을 담아 완성해야 한다. 부정의 내용을 이야기할지라도 마지막은 항상 긍정의 메시지를 담아 끝내야 한다. 당신의 글을 읽는 사람이 부정의 생각으로 가득 찬다고 생각하면 어떻겠는가? 부정의 느낌을 독자에게 계속 주게 되면 당신이 생각하는 책의 의미가 죽게 된다. 이왕이면 당신의 글을 읽고 희망을 갖고 자신감을 가지며 행동하는 독자의 모습이 훨씬 보기 좋지 않은가?

그러려면 문장을 피동문보다는 능동문을 바꿔 써야 한다. 능동문은 문장의 주어가 제 힘으로 행동하는 걸 말한다. 반대로 주어가 다른 그 무엇으로 일을 당하는 걸 피동이라고 한다. 예를 들어 '지금부터 행동해야 할 것으로 보인다.'라는 문장을 그대로 쓰기보다는 '지금부터 행동해야 한다.'라고 고쳐 쓰는 게 훨씬 더 힘 있고 분명하다.

피동형 문장은 조심스럽고 때로는 겸손한 느낌을 주는 듯해도 자신 없어 보이고 문장의 힘을 떨어지게 한다. 어떠한 주체나 뜻이 분명하게 드러나지 않기 때문이다. 때로는 피동형 문장을 써야 한다. 하지만 분명하게 주장을 드러내는 능동형으로 글을 쓰는 습관을 가져야 한다. 문장에 강한 인상을 주고자 한다면 늘 무언가에 끌려 다니는 피동문이 아닌 주어가 이끄는 능동문으로 쓰는 습관을 가져야 한다.

능동문 예문

호랑이가   여우를   물었다

(주어)   (목적어)   (서술어)

주어인 호랑이가 직접 행동을 했으므로 능동 표현이다

피동문 예문

여우가   호랑이에게   물렸다

(주어)   (목적어)   (서술어)

주어인 여우가 호랑이에게 물리게 되었기 때문에 피동 표현이다.

Check Point

능동과 수동의 차이

영어 단어 see는 내 의사와 상관없이 눈으로 보는 것들을 말한다. watch는 see와 반대로 내가 직접 의식하고 생각해보는 걸 말한다. 다시 말해 see는 내가 보고 싶지 않아도 보이는 걸 말한다. 예를 들어 내 의사와 상관없이 굳이 노력하지 않아도 켜져 있는 TV를 볼 때다.

watch는 내가 의도를 가지고 보려고 할 때 보는 걸 말한다. 켜져 있는 TV가 아니라 TV를 보려고 생각하고 행동하는 것이다.

See는 수동이며 watch는 능동이다. 크게 다를 것 없다고 생각할 수 있지만 작은 사고의 차이가 큰 결과를 이끌 듯, 독자가 watch처럼 능동적인 사고를 가질 수 있도록 유도하며 글을 써야 한다.

뭣이 중헌지도 모르면서

배려 없는 글은 매력 없다.

"아무리 유익한 책이라도 그 절반은
독자 자신에 의해서 만들어지는 것이다."

– 볼테르

글에 있어 중요한 점이 있다면 무엇일까?

정보? 작가의 필력? 모두 중요하지만 가장 중요한 게 있
다. 바로 독자가 있어야 한다는 점이다. 읽어주는 사람이 없
는 글은 죽은 글이다. 누군가 읽을 때 비로소 그 글은 생명을
띄게 된다. 부족하지만 읽히는 글. 거꾸로 말하면 글은 읽어

주는 독자가 반드시 있어야 한다. 아무리 잘 쓴 글이라도 읽지 않는다면 못 쓴 글이며 죽은 글이다.

항상 독자의 시선을 맞추는 글쓰기, 눈높이를 맞추는 글쓰기를 해야 한다.

레크리에이션 강사, 방송인으로 활동 중인 김제동이 군인 시절 군 행사 사회를 봤을 때다. 일반인들도 아니고 모두 햇볕에 그을려 새까만 얼굴을 한 군인들이 웃지도 않고 김제동을 바라봤다. 따가운 햇볕을 맞으며 훈련에 지쳐 인상을 쓰는 군인을 웃겨야 하는 극한 상황이었다. 결국 김제동은 제대로 사회를 보지 못하고 내려왔다. 이때 김제동의 군대 선임은 "만만하게 생긴 딱 한 명만 보고 사회를 봐라. 그 한 명이 웃으면 백 명, 천 명도 웃을 수 있다."고 말했다고 한다.

책 쓰기 역시 크게 다르지 않다. 수많은 독자를 생각하며 책을 쓴다면 상당한 압박과 부담을 견뎌야 한다. 처음 책을 쓰는 초보 작가가 버티기엔 쉽지 않은 일이다. 수많은 독자를 만족시키겠다는 생각을 내려놓고 '내 책을 읽을 독자는 세상에 단 한 사람이다'라고 쓰기 시작해야 한다. 물론 내 책을 읽는 독자의 즐거움과 만족을 채워야 하는 건 작가로서 당연하다. 다만, 아직 그 단계가 아닐 뿐이다. 글은 나중에 고치면서 차차 완성해 나가면 된다.

당신이 책을 쓸 때 지지해주는 한 사람. 부족함이 있어도 당신을 응원하고 지지해줄 수 있는 아주 구체적인 한 사람을 생각하며 쓰면 된다. 그 사람이 가족이든 친구든 연인이든 상관없다. 중요한 것은 당신을 향한 그들의 조건 없는 응원과 지지다. 그렇게 아주 구체적인 한 사람을 생각하고 글을 쓰기 시작해야 한다. 구체적인 독자는 당신 책의 타깃 독자를 말한다. 곧 나이, 직업, 성별 등을 정한 자세한 타깃층 선정을 말한다.

내 책을 읽을 타깃층을 선택하게 되면 원고의 내용이 좀 더 날카롭게 되며 글을 쓰는 동안 쉽게 방향을 잃지 않는다. 또, 타깃층을 생각하며 쓴 원고는 독자들의 가려운 부분 needs 을 쉽게 알 수 있을뿐더러 그들에게 맞춘 글 정보를 쓰게 된다. 생각보다 많은 독자들이 자신이 무엇을 원하는지, 버려야 할 것이 무엇인지 모른다. 그 점을 당신이 알려줘야 한다. 바로 당신의 책에서 말이다.

자, 그렇다면 독자들이 원하는 글이란 무엇일까? 바로 독자를 배려한 글, 선물 같은 글이다. 선물이란 풍부한 사례, 증거, 통계 자료처럼 학술적, 기술적 이야기를 말한다. 여기에 더해 나만의 경험, 이야기로 독자의 이해를 높이려 배려하는 글이다. 이미 봤던 TV프로그램은 보면 볼수록 점점 재미가 떨어지고 감동이 무뎌지는 이유는 처음 같은 재미와 감동이 없기 때문이다.

이처럼 이미 모두가 알고 있는 정보와 문제에 따른 해결 방안은 매력이 없다. 똑같은 내용이라 할지라도 독자의 숨겨진 욕구를 찾고 바라볼 줄 알아야 한다. 내가 생각하고 있는 것과 독자가 지금 가지고 있는 문제점은 무엇인지 생각해야 한다. 이런 점을 생각하지 않고 책을 쓴다면 따분하고 뻔한 책이 만들어지게 된다.

마치 어린아이에게 설명하는 것과 같이 자세하고 자상하게 풀어 설명할 줄 알아야 한다. 당신은 모두 알고 있고 익숙한 내용이라 할지라도 독자 입장에서 생각한다면 생소한 내용일 수 있다. "나는 알고 있으니까 이 정도는 알겠지." 하고 넘어갈 게 아니라 어려운 이야기도 풀어서 설명하는 친절함이 있어야 한다는 말이다. 잘 썼다는 글 수준은 초등학교 4학년 정도 수준의 글쓰기다. 수준급인 글쓰기가 중학교 1, 2학년 수준과 같다.

어렵게 쓴다는 것은 독자를 배려하지 않는 것이고 그들만의 리그로 끝나는 책이 된다. 당신만의 언어로 이야기를 한다면 그마저도 생겼던 호기심을 책과 함께 덮어 버리게 된다. 결국 잘 아는 사람들끼리만 보는 책으로 끝이 난다. 반대로 작가가 쉽게 쓰면 쓸수록 독자는 쉽게 책에 빠져든다. 다시 한 번 말하지만 책은 독자를 생각하며 친절하게 써야 한다.

영화 〈곡성〉을 본 사람이라면 머릿속에 강하게 박힌 장면이 있다. 주인공의 딸이 평소와 다르게 주인공에게 고래고래 소리치는 낯선 모습이다. 더불어 기억에 남는 대사가 바로 "뭣이 중헌디? 뭣이 중허냐고 뭣이! 뭣이 중헌지도 모름서"라고 소리치는 장면이다. 영화 〈곡성〉을 모르는 사람은 있어도 "뭣이 중헌디"라는 대사를 모르는 사람은 없을 정도로 마케팅, 코미디, 사회 전반에 걸쳐 사용된 유행어이다.

저자로 시작해서 독자로 끝나는 게 책이다. 책을 읽는 독자를 배려하지 않고, 자기주장만 가득한 글을 쓰고 있다면 묻고 싶다.

"도대체 뭣이 중헌디?"

내가 쓴 글에 질문을 던져라!

글의 흐름이 자연스러운가?

잘 쓴 글은 구성이 자연스럽고 통일된 느낌을 준다.

글이 건방지거나 무시하는 느낌을 주는가?

글의 성격이 강한 콘셉트라 할지라도 독자가 보기에 건방지게 보이거나 무시하는 느낌을 준다면 잘못된 것이다. 콘셉트를 바꿔야 한다. 좀 더 겸손하고 부드러운 성격의 글로 친근감 있게 독자에게 다가가라.

힘 좀 뺍시다

탈고 할 때 욕심 부려라.

"가장 위대한 예술가도 한때는 초심자였다."

– 파머스 다이제스트

책을 쓰게 된다면 당연하고 자연스럽게 올라오는 감정이 있다. 바로 욕심이다. 욕심을 느끼는 사람의 감정이 덮어놓고 나쁘다고 볼 수 없다. 왜냐하면 독자들에게 유익한 책을 만들려는 욕심이기 때문이다. 작가라면 이런 욕심을 가져야 하고 오히려 없으면 이상하게 볼 일이다. 사실 독자를 생각해 책의 완성도를 높이는 것에 누가 나쁘다고 하겠는가.

그러나 어디까지나 책을 쓰기 전까지다. 기획하고 글을 쓰는 순간 잠시 내려놓아야 한다. 욕심이 길면 길수록 책에 대한 기준이 높아지기 마련이다. 처음 책을 쓰는 사람은 초고를 쓰는 시간이 길어질수록 자포자기하다 책 쓰는 걸 멈추는 경우가 많다.

책을 쓰다 보면 다른 사람들의 책을 읽어야 한다. 책을 쓰기 전보다도 더 많은 독서량을 필요로 한다. 책을 쓰기 위해서 당연한 행동이자 습관이다. 문제는 책을 쓰기 전에는 이런저런 비판과 저평가하던 책들마저 직접 쓰기 시작하고부터 작가의 노력과 눈물이 비로소 보인다는 사실이다. 저 평가했던 책들도 이런 상황인데 잘 썼다는 책들은 말할 것도 없다.

그래서 지금 책을 쓰고 있는 자신의 글이 형편없어 보인다는 점이다. 머릿속에는 좋은 생각과 참신한 아이디어가 있고, 하고 싶은 말이 있지만 표현되어 세상에 나온 내 글은 정말 형편없어 보인다.

하지만 당신이 알아야 할 게 있다. 이미 잘 만들어진 책은 상품이다. 이미 1차로 작가가 수십 수백 번을 고친 원고다. 2차는 출판사에서 열과 성의를 다해 원고에 색을 입혀 옷을

입히고 마케팅한 책에 아름답게 상품성을 입힌다. 책이 최고로 예쁘게 완성되어진 것이다. 이런 상품성 있는 책과 원고도 아닌 당신의 글이 초라하게 보이는 건 당연하다.

당신은 초고도 완성하지 못한 글과 상품성 충만한 책을 가져와 말도 안 되는 게임을 붙인다. 그런 뒤 불 보듯 뻔한 처절한 결과는 자신의 탓으로 돌린다. 그것도 하루에도 몇 번씩 말이다. 내가 당신에게 말하고 싶은 점이 바로 여기에 있다.

욕심 부리지 마라. 아직은 욕심을 부릴 때가 아니다. 당신이 초고를 완성하고 탈고를 할 때쯤 지금의 욕심을 몰아서 해도 늦지 않는다.

그렇다고 책을 건성으로 쓰라는 말이 아니다. 그것은 독자를 기만하는 행동이다. 알맹이는 없고 페이지만 늘려 나오는 책에 당신의 이름을 올려놓을 생각은 처음부터 버려라. 우선 지금은 자신의 기준을 조금 낮춰 진행하라는 말이다. 적어도 초고를 완성하는 순간에는 말이다.

처음부터 너무 높은 기준과 완성도를 고집한다면 책을 쓰기로 했던 당신의 계획은 계속 뒤로 미뤄질 수밖에 없다.

"내 초고는 쓰레기다."

《노인과 바다》를 쓴 헤밍웨이의 말이다. 이 말에 자신이 좀 생겼으면 좋겠다. 욕심을 내려놓고 기준을 조금 낮추면 책 쓰기에 가속도가 생긴다. 이것이 초고를 완성하는 요령 중 하나다.

Check Point

멋있어 보이는 글이 아닌 있어 보이는 글

글의 가장 작은 단위는 단어이다. 글이 되는 순서는 단어 -> 문장 -> 문단 -> 글이다. 쓰려는 글의 처음 생각 곧, 단어가 어렵거나 생소한 단어를 이용해 문장을 만들면 글이 어려워진다.

처음은 모두가 알고 있고 자연스러운 단어로 문장을 만들어야 쉽게 쓸 수 있다. 부족하고 멋스럽지 않게 만들어진 문장이 퇴고를 거쳤을 때 있어 보이는 글이 된다. 처음부터 기본이 아닌 멋을 생각하면 고치고도 어려울 뿐만 아니라 내용 없는 글이 만들어지기 십상이다.

8일

엣지 있게 써라

공감을 부르는 낯선 질문을 하라.

쉬워 보이는 일도 해보면 어렵다. 못할 것 같은 일도

시작해 놓으면 이루어진다. 쉽다고 얕볼 것이 아니고,

어렵다고 팔짱을 끼고 있을 것이 아니다.

쉬운 일도 신중히 하고 곤란한 일도 겁내지 말고

해보아야 한다.

– 《채근담》 중에서

쓰려는 대상에 대하여 다른 방향으로 생각해보자. 이미 세
상에 나온 책 곧 다른 사람들과 똑같은 생각으로 쓰는 글은

매력이 없다. 독특한 사고를 가지고 쓴 글이 독자들에게는 훨씬 더 매력적인 글이다. 사물이나 현상에 대해 남들과 다른 조금은 삐딱한 시작도 나쁘지 않다.

더불어 본문에 공감을 부르는 질문을 더한다면 훨씬 재미있고 매력 있는 글이 만들어진다. 예를 들어 〈원숭이 엉덩이〉이라는 노래가 있다. "원숭이 엉덩이는 빨개 / 빨가면 사과 / 사과는 맛있어 / 맛있으면 바나나…." 90년 이전 생이라면 누구나 한 번쯤은 불러봤던 노래다. 원숭이 엉덩이는 도대체 뭘 말하고 싶었던 것일까? 왜 하필 원숭이 엉덩이는 빨간 것일까?

독자의 눈을 붙잡는 다섯 가지 문장 요소를 가지고 설명하겠다.

1. 나만의 이야기로 시작

독자의 눈을 붙잡는 문장의 첫 번째 요소는 **나만의 이야기**story 또는 독특한 경험으로 본문을 채워 나가야 한다.

> 예 | 누구나 한 번쯤 어릴 적 심심치 않게 불러봤던 노래다. 나 역시 어릴 적 친구들과 이 노래를 부르며 장난치며 놀았던 기억

이 있다. 이 노래는 비록 정식 가요로 인정되어 불리지 않았
지만 모르는 사람이 없을 정도로 많은 사람들에게 인기를 끌
었던 노래다.

노래 〈원숭이 엉덩이는 빨개〉는 언제 어떻게 만들어진 노래
일까? 출처가 불명확한데 대한민국 많은 지역에서 불렸던 이
유는 도대체 뭘까? 그럼에도 불구하고 알려진 사실이 많지
않은 이유는 또 뭘까?

2. 증거(Evidence)

내 이야기만 계속해 지면을 채운다면 그 글은 일기와 다를
바가 없게 된다. 그러므로 내 이야기에 힘을 실어줄 근거를
넣어주는 게 좋다. 주변에서 실제로 있었던 또는 사회적으로
제시된 근거를 들어주면 좋다.

〈원숭이 엉덩이〉에 대한 정보는 정확하게 알려진 내용이 많
지 않다. 다만, 예전 일제가 우리나라에 없던 원숭이를 한국
으로 가져왔고 이를 구경한 사람들이 노래를 만든 것으로 추
정한다.

모든 원숭이 엉덩이가 빨갛지는 않지만 일본이 들여온 원숭이는 암컷과 수컷 모두 엉덩이가 빨갛다. 암컷은 발정기 때 더욱 엉덩이가 빨갛게 부풀어 오른다. 우리 국민은 그런 원숭이 엉덩이를 보며 우연히 빨간 사과를 떠올리고 이게 말 잇기가 되어 노래로 만들어진 것으로 보인다.

3. 사례(Case)

사회적 근거에 힘을 자료를 더해주면 더욱 좋다. 풍부한 예시와 사례를 들어주며 내 글에 힘을 실어주게 된다. 더불어 독자의 신뢰를 불러일으킬 수 있어 더욱 좋다.

> **예** 예로부터 우리 민족은 노래 부르기를 좋아했고 힘든 노동을 이겨내기 위해 노래를 만들어 부르는 것 역시 좋아했다. 노래를 통해 노동의 고통을 잊곤 했다. 빠른 국가 발전을 목적으로 진행된 범국민적 운동으로 1970년 4월 22일 시작된 새마을 운동에도 노래를 만들어 힘든 노동의 고통을 달랬다.
> 대표하는 노래로 〈잘 살아보세〉와 〈새마을 노래〉는 애국가에 버금갈 정도로 사람들에게 불렸으며 전국 방방곡곡 울려 퍼

졌다. 〈원숭이 엉덩이〉 역시 그 당시 힘든 노동을 잊기 위한 또 하나의 생활 속 노래로 자리 잡았을 것이다.

4. 생각(Thought)

현재 이런 상황, 환경에 대해서 자신만의 생각이나 주장이 글에 담겨 있어야 한다. 다른 사람들의 생각과 가져온 사례만 있고 작가 본인의 주장이나 생각이 없다면 그 글은 사랑받지 못할 뿐더러 좋은 글이 될 수 없다.

예   그 당시 〈원숭이 엉덩이〉는 가요도 아니고 동요도 아니며 그 저 아이들에게 입으로만 전파된 노래였다. 그림으로 말하면 〈잘 살아보세〉와 〈새마을 노래〉가 정통 회화다. 그리고 〈원숭이 엉덩이〉는 소박하지만 익살스러운 민화였던 것이다.

그 당시 원숭이를 보려면 서커스가 열려야 했다. 70년대 서커스를 보기 위해서는 지금의 영화를 보는 것처럼 언제든 마음 편히 볼 수 있는 게 아니었다. 자주 서커스가 열리는 환경이 아니었다. 곧, 누구나 쉽게 서커스를 관람할 수 있는 소망하는 마음을 담아 익살스럽게 노래에 불렀는지도 모르겠다.

5. 결론(Conclusion)

풍부한 사례와 예시까지 들었던 내 이야기를 종합해 결론을 내릴 수 있어야 한다. 영화에서도 의도적으로 엔딩의 결말을 짓지 않고 독자의 상상에 맡기는 열린 결말로 끝나는 경우가 종종 있다. 하지만 소설을 쓰는 게 아니라면 열린 결말은 피하는 게 좋다. 자신이 주장했던 내용을 종합해서 결론을 지을 수 있어야 한다.

원숭이 = 바나나

빠른 경제 발전

사과 = 농업의 발전

우리나라는 농가의 힘을 중요하게 생각했다.

기차와 비행기 = 산업화와 경제 발전

빠른 산업화와 경제 발전의 부흥을 꿈꿨다.

백두산 = 긍지와 근면, 성실

우리나라 국민의 근면 성실 그리고 긍지와 자긍심을 상징

결국 말장난 같기도 한 〈원숭이 엉덩이〉는 경제 부흥과 민족의
애환 그리고 '우리도 곧 경제 부흥을 이루리'라는 다짐이 녹아
져 격식과 형식을 벗어난 노래였던 것은 아닐까? 더불어 〈원숭
이 엉덩이〉는 힘든 생활 속 또 하나의 작은 즐거움 아니었을까?

하나의 예시일 뿐이지만 쓰고자 하는 내용에 이야기, 증
거, 사례, 생각, 결론이 들어가야 글의 흐름뿐만이 아니라 독
자들의 흥미를 잡을 수 있게 된다.

독자의 흥미를 잡는 또 하나의 방법은 질문이다. 그냥 질
문이 아닌 공감을 불러일으키는 낯선 질문이어야 한다.

예를 들어 설탕에 관한 내용을 질문을 한다고 가정해보자. 어
느 날 무설탕이라 표시되어 있는 음료를 사 마셨는데 맛이 달
았다. 무설탕. 설탕이 안 들어갔다는 뜻이다. 다이어트족, 단
맛을 좋아하지 않거나 혹은 피해야 하는 사람들을 위해 나온
제품을 무설탕 제품이라 말한다.
하지만 지금 마신 무설탕 음료는 달아서 맛있다. 알고 보니
시중에 판매되고 있는 무설탕 음료 대부분 단맛을 내고 있다.

설탕이 들어가지 않았는데 왜 달까? 판매되고 있는 제품 종류는 달라도 모두 같은 회사에서 똑같은 방법으로 제조되고 있는 것인가? 그게 아니라면 단맛이 느껴지는 무설탕 제품이 왜 계속 제조되고 있는 걸까?

이처럼 공감할 수 있는 질문이라면 독자의 눈을 붙잡아 둘 수 있게 된다.

Check Point

엣지 있는 글을 만드는 순서

1. 쓰고자 하는 글에서 독자의 공감을 불러일으킬 내용을 단어로 정리한다.
2. 왜 1번이 독자의 공감을 얻는지 반대 의견을 생각해 쓴다.
3. 1번과 2번에서 공통으로 나오는 화제 또는 단어가 있는지 찾아서 정리한다.
4. 3번 내용을 기준으로 개인과 다수로 목록화해 정리한다.
5. 4번까지 나온 내용을 정리해 긍정의 메시지를 담아 문장으로 표현한다.

화가가 되어라

글도 화가처럼 표현하라.

"내가 독특한 작품들을 쓸 수 있었던 이유는
사람들의 무관심이나 평가를 두려워하지 않았기 때문이다."

– 베르나르 베르베르

　TV 드라마, 영화와 같은 영상물은 소설이나 머릿속에서 자신만의 그림이 그려지는 책과 비할 바가 못 된다. 작가가 말하는 것들에 자신만의 상상력을 이용해 만들어지는 내용은 한계가 없다. 다시 말해 책은 독자 스스로 글을 보고 상상하며 장면마다 그림을 그려 재미를 느끼는 반면에 영상은 이미 만들어진 걸 본다.

그래서 인기 있는 책의 소재를 영화로 만들면 기대 이하의 평을 듣는 이유 중 하나가 바로 여기에 있다.

어떤 대상이나 사물, 현상 따위를 마치 그림을 그리듯이 설명하며 표현하는 걸 묘사라 한다. 글을 쓸 때 그대로 설명하기보다 그림을 그리듯 상황과 사물을 묘사로 표현하면 기억에 오래 남길 수 있게 되며 독자를 더욱 끌 수 있다.

상상을 자극하는 묘사는 죽은 글도 살린다.

묘사는 작가의 생각이나 주장이 들어간 설명을 하는 것이 아니라 전적으로 독자가 판단하고 결정할 수 있도록 상황을 마치 화가처럼 표현해야 한다.

묘사의 방법은 여러 가지가 있지만 이 책에서는 세 가지만 다루도록 하겠다. 묘사할 때는 사실, 단순, 생생하게 써야 한다.

첫 번째, 사실대로 쓰기

느낌이나 소감을 쓰기 전에 사물을 있는 그대로 보이는 사실을 먼저 쓴다. 작가의 생각으로 변형하는 게 아니라 보이는 그대로 표현한다.

"오늘 버스에서 이상한 사람을 만났다."

정말 이상한 사람인지 아닌지는 작가가 결정할 게 아니다. 독자가 판단하고 결정할 일이다. 미리 글의 대상에 결론을 내려버리면 독자는 판단할 수 없고 작가가 만들어놓은 생각만 하게 된다. 오늘 만난 사람이 이상한 사람인지 아닌지는 글을 읽는 독자가 판단하도록 한다.

오늘 바지를 입지 않고 버스에 탄 사람을 만났다.

다만 감정, 느낌을 표현할 때는 예외다.

"영수는 화가 났다."

이렇게 표현하기 보다는 "영수는 주먹으로 벽을 힘껏 후려 쳤다. 주먹에서 피가 흘렀다." 이렇게 표현하면 단순히 "화가 났구나"로 끝나는 게 아니라 영수는 극도로 화가 난 상태임을 알 수 있게 된다.

두 번째, 단순하게 쓰기

묘사에도 휘황찬란한 문장은 피하고 쉽게 써야 한다. 문장에 이런저런 군더더기 말이 들어가면 독자들은 혼란스럽다. 화려하고 멋있게만 꾸민 문장은 재앙과 다름없다. 곧 독자들은 책에 집중하지 못하고 빠져나오게 된다. 필요 없는 말을 골라내는 노력은 좋은 글을 쓰기 위한 아주 훌륭한 자세다. 누구나 알 수 있는 편한 단어와 쉬운 단어로 문장을 만들어야 독자 스스로 상상할 수 있게 되며 호기심을 불러온다.

슬픈 기억의 편린들 – 슬픈 기억의 조각들

친구들과 조우 – 친구들과 만남

수익과 지출을 가감해서 계산하다 – 수익과 지출을 더하고 빼 계산하다

문제를 조속히 해결하다 – 문제를 빠르게 해결하다

세 번째, 생생하게 쓰기

현장에 있는 듯, 사물이나 상황을 좀 더 생기 있게 표현한다. 독자들이 글에 온전히 빠질 수 있도록 만들어야 한다.

"강물이 말랐다." - 거북 등짝처럼 푸석해진 강바닥

"밥맛이 너무 없었다." - 모래알을 씹는 것 같았다.

묘사가 아닌 부분의 글에는 자세하고 친절하게 표현된 글이 좋다.

"88년 9월 올림픽에서는" - 1988년 9월 17일 서울 올림픽에서는

"많은 사람이 모였다." - 8,000명의 사람들이 모였다.

아시아 극빈국 중 하나였던 대한민국은 1998년 9월 17일 서울에서 8,000명이 모여 올림픽을 개최했다.

작가가 강제로 상황이나 느낌을 독자에게 주입시키면 다

른 생각을 못하게 된다. 묘사를 통해 그림을 그리며 자유롭게 상상할 수 있는 상황을 보여주되 자세하고 친절한 설명을 더 하라. 독자들은 손에서 당신의 책을 놓지 못하게 된다.

Check Point

그림을 그리는 마음

여러 가지 이유가 있을 수 있지만 글을 쓰다보면 '대충'이라는 단어가 불쑥불쑥 솟아오를 때가 있다. 언제나 책 쓰기는 독자의 마음을 헤아려 써야 한다.

대충이라는 단어에 젖어들어 작가가 편하게만 책을 쓰기 시작한다면 독자는 읽기에 어려움을 느낀다. 반대로 작가가 꼼꼼하고 자세하게 쓰기 시작하면 다시 말해 힘들게 쓸수록 독자는 그만큼 읽기 편한 책을 만날 수 있게 되는 것이다.

책은 엉덩이로 쓴다

방법과 요령보다 강한 한 방

"평범한 이들도, 선입견만 없다면 놀라운 일을 할 수 있다."

– 찰스 프랭클린 케터링

지금은 예전만큼 못하지만 아직도 꾸준한 인기를 끌고 있는 스타크래프트라는 게임이 있다. 이 게임은 다양한 전략으로 상대방의 기지나 병력을 공격해 정복하는 전략 시뮬레이션 게임이다. 스타크래프트의 매력은 특별한 전략도 없는 약한 병력으로 훨씬 화려하고 강력한 상대를 종종 이기는 것인데 이것 때문에 인기가 많았다.

이때 방법은 정말 단순하다. 아무리 약한 병력이라도 쉬지 않고 생산해 끊임없이 상대방을 공격하면 된다. 처음은 상대의 강함 때문에 별다른 수확이 없어 보이지만 시간이 지날수록 상황은 달라지기 시작한다. 강한 상대는 점점 틈이 보이기 시작하고 결국 보잘것없는 약한 상대에게 손을 들고 패하고 만다.

책 쓰기로 정리해 설명하면 앞에서 말했던 기술과 요령은 중요하다. 책을 쓰는 데 정말 필요하고 알아야 하는 내용들이지만 이러한 점들이 전부는 아니다.

"책을 쓰는 기술이요? 다 필요 없어요. 엉덩이 무거우면 장땡입니다."

언젠가 책을 쓰고 있는 예비 작가에게 들었던 말이다. 무심코 들었던 이 말이 물량으로 승부를 보는 스타크래프트 게임 같아서 실소와 함께 인정할 수밖에 없었다.

책을 만들기 위해 원고를 기획하고 만드는 요령은 알아야 한다. 중요하다. 책을 만들기 위해서는 독자를 생각해야 하므로 반드시 필요한 기술들이다. 그러나 기술보다 중요한 게 바로 포기하지 않는 마음이다. 그 마음은 끈기, 지구력, 집념,

갈망 여러 모양의 단어들로 표현되고 있다. 아무리 훌륭한 필력과 기획력이 있다 하더라도 불굴의 집념 앞에서는 고개를 숙일 수밖에 없다.

마지막까지 책을 쓸 수 있도록 하는 것이 기술이나 요령이 아닌 엉덩이라니 속았다는 기분이 들지 모르겠다. 1장 처음에 이유와 명분은 무슨 일이 있어도 책을 쓰게 만드는 근간이 된다고 말했다. 그 이유와 명분이 무거운 엉덩이를 만들게 되고 책 쓰기의 최고의 무기가 되는 것이다. 책은 엉덩이로 쓴다. 책 쓰기 최고의 기술이 다른 것도 아니고 엉덩이라니, 어딘가 모를 아쉬움이 들 수 있겠지만 사실이다.

좋은 책은 엉덩이로 쓴다.

스마트한 4차 산업 시대에 작문의 잠언이며 책 쓰기 절대 반지와도 같은 말이다.

기다림의 시간

디캔팅Decanting이란 말이 있다. 디캔팅은 와인 고유의 향을 살려내는 과정이다. 디캔팅에서 중요한 점은 기다림이다. 와인 찌꺼기가 완전히 가라앉을 때까지 기다려야 하는데 초고를 고치는 작업 역시 디캔팅의 과정이 필요하다. 바로 글을 고치기보다 몸과 마음을 쉬면서 글을 고치기 위한 갈무리를 한다.

5교시
고치기

머리는 차갑게
퇴고는 뜨겁게

인쇄만 해도 예쁘다

최고의 성형은 다이어트라는 말이 있듯
저자와 독자가 동시에 만족하는 글은
반복해서 고친 글이다.

퇴고推敲, 쉽게 말해 '밀고 두드린다'는 뜻이다. 당나라 때 가도라는 시인이 있었다. 그는 자신이 지은 시를 가지고 고민하고 있었다. 스님이 달 아래서 문을 '민다推퇴'고 해야 할지, 아니면 '두드린다敲고'고 써야 할지 고민하고 있었다. 이때 당대 저명한 문장가이자 관리였던 한유가 한참을 고민 끝에 답을 내놓았다.

"밀지 말고 두드리는 게 좋을 듯하네."

가도는 한유의 조언을 받아들여 시를 완성했다. 그렇게 완성한 시가 〈승퇴월하문〉이라는 시다.

閑居少隣竝 이웃이 드물어 한적한 집

草徑入荒園 풀이 자란 좁은 길은 거친 뜰로 이어져 있네

鳥宿池邊樹 새는 연못가 나무에 깃들고

僧敲月下門 스님은 달 아래 문을 두드리네

이후로 글을 다듬는 일을 퇴고라고 명명하게 됐다.

초고를 완성하기 힘든 이유 중 하나는 글 양量이 채워질수록 완벽에 대한 자기 의심, 부정의 생각 때문이다. 물론 그 과정을 견디고 퇴고를 진행한다는 사실 만으로 칭찬과 격려를 받아 마땅하다. 그러나 아직 넘어야 할 산이 남았다. 그동안은 보이지 않던 적과 싸웠다면 이제부터는 보이는 상대와 싸움을 해야 한다. 바로 퇴고를 해야 하기 때문이다.

퇴고를 한마디로 말한다면 '고치기'다. 결국 글은 고쳐 쓰기가 전부라 해도 과언이 아니다. 글을 쓰고 책을 집필하는 작가, 기자들이라면 격하게 공감할 수밖에 없는 말이다. 뿐만 아니라 아직 책을 출간한 경험이 없는 사람이 할지라도 자신의 이름을 걸고 글을 쓰는 일이기에 신중하게 문법적 오류를 찾아 퇴고를 해야 한다.

우스운 일이지만 자신이 쓴 글은 이미 쓰는 동안 스스로에게 익숙해졌기 때문에 쉽게 오류를 발견하지 못한다. 나는 이걸 중독이라는 표현한다. 자신의 글에 중독된 나머지 잘못된 점을 쉽게 찾을 수 없다. 그래서 맞춤법이나 띄어쓰기, 어색한 문장이 있어도 올바로 고치기 쉽지 않다.

퇴고를 진행하기 위해서는 일단 잠시 쉬어야 한다. 이 시간동안은 초고를 잊고 오롯이 쉼에 집중한다. 쉬어야 하는 이유는 내 눈에 익숙해져 버린 초고를 객관적으로 고치기 위한 시간을 갖는 것이며, 숨 가쁘게 초고를 쓴 자신을 위해 잠시 숨 고르기 위함이다. 초조해할 필요 없다. 아무것도 하지 않음으로 계속 원고를 쓰기 위한 작업을 진행하고 있는 것과 다름없기 때문이다.

퇴고 진행 절차는 따로 있지 않다. 절차와 방법은 정해져 있지 않지만 지금껏 썼던 초고를 전부 인쇄해 퇴고를 진행하길 권한다. 나뿐만 아니라 책을 쓰는 수강생들에게도 종이로 출력해 퇴고 진행하라 말한다.

인쇄된 내용을 직접 읽고 만질 때 잘못된 부분을 좀 더 쉽게 찾아내기 때문이다. 인쇄된 초고는 중독된 초고 내용을 마치 남의 글을 보듯 냉정하고 객관적으로 볼 수 있게 도와줘 좀 더 쉽게 수정할 부분을 찾게 한다.

물론 예외는 있는 법. 모니터에서 글을 고치는 게 더 편하다고 느끼는 사람도 분명 있을 수 있다. 자신이 생각했을 때 더 편하고, 빠른 퇴고 진행이 될 것 같은 쪽을 택해 진행하면 된다.

그러나 손으로 잘못된 부분을 찾아보며 직접 확인하는 과정은 한정된 모니터 화면에서 글을 고치는 것과 비할 바가 못 된다. 또, 퇴고 과정 중 인쇄된 원고가 쌓이는 걸 보면 성취감과 함께 질 좋은 원고의 탄생을 기대하는 소소한 재미도 있다.

한 번만 하는 게 아니라 수많은 반복 과정이 있어야 한다. 글은 고치면 고칠수록 좋아지기 때문이다. 더불어 최종 원고는 그만큼의 더 많은 반복의 시간이 필요로 한다.

맨 처음 퇴고는 퇴고할 때는 초고의 처음부터 마지막 한 자까지 빠짐없이 꼼꼼히 읽는 것이 무엇보다 중요하다. 앞에서 말한 것과 같이 글은 얼마나 많이 고치느냐에 따라 훌륭한 글과 원고가 만들어진다. 탈고가 힘든 가장 큰 이유는 반복에서 오는 지침 때문이다. 퇴고는 한 번 고친 걸로 끝이 아니다. 자신이 쓴 글이라 할지라도 반복된 수정과 글의 완성을 높이는 가운데 쉽게 지치고 만다.

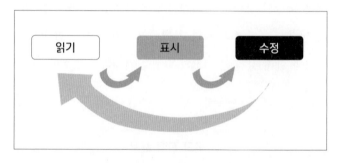

처음 초고는 수정할 곳에 표시만 하고 빠르게 한 번을 읽어 나간다. 두 번째 부터는 표시된 부분만 수정한다. 세 번째는 다시 빠르게 읽으며 잘못된 부분을 찾아 똑같이 표시만 한다. 이렇게 빠르게 반복된 퇴고를 진행한다. 물론 수정 가운데 문장이 이상해 빼야 하는 상황도 발생할 수 있다. 또는 글의 주장이 약해 힘을 실어 넣어줘야 하는 곳도 있지만 수정할 곳만 고쳐나가야 반복으로 오는 지침을 피하고 퇴고 시간을 줄일 수 있다.

처음 한 번은 정독. 10번을 수정한다고 했을 때 3번은 정독하고 나머지는 보기와 같이 반복 과정을 하도록 기준을 만들어두는 게 좋다.

Check Point

퇴고를 하는 방법

제일 중요한 원칙은 철저히 독자 입장에서 퇴고를 진행한다.

1. 불필요한 단어와 단락은 과감하게 버린다.

2. 애매모호한 긴 문장은 잘라서 단문으로 만든다.

3. 문장이 고쳐도 어색하다면 깔끔하게 전부 지우고 새로 쓴다.

4. 손쉽게 간결한 글을 만드는 방법은 불필요한 지시어, 접속사를 걷어낸다.

5. 문장이 잘 읽히고 이해가 되는지 소리 내어 읽어본다.

6. 만약 질문이 있다면 제대로 된 답을 하는지 확인한다.

7. 수필이나 시와 같은 글이 아니라면 감정을 지나치게 표현하는 것은 피한다.

버려야 고수다

버릴수록 완벽해진다.

"위대한 글쓰기는 존재하지 않는다.
오직 위대한 고쳐 쓰기만 존재할 뿐이다."

– 엘윈 브룩스 화이트

퇴고는 글을 고치는 행위다. 미국의 동화 작가인 엘윈 브룩스 화이트 역시 글을 쓰는 것보다 고치는 걸 강조했다. 누구나 자신의 글을 읽고 반복해서 고치는 행위는 힘들고 번거로운 일이다. 하지만 더욱 정갈한 문장을 원한다면 반드시 참고 견뎌야만 하는 일이다.

퇴고는 독자가 읽고 싶은 글로 고쳐 써야 한다. 독자가 읽었을 때 "누가 이걸 읽나?"라는 마음이 들게 해서는 안 된다.

읽긴 읽었지만 무슨 말인지 모를 문장. 틀림이 없는 문장이라 생각했지만 어딘가 빠진 듯한 문장. 모두 봄날 대청소하듯 과감하게 탈탈 털어 지우거나 똑같은 의미로 새롭게 만들어야 한다.

퇴고 과정을 거치지 않은 지금의 날 것 같은 글을 읽은 독자들 반응을 한 번 생각해보자. 아마 수많은 인파 속에서 실오라기 하나 걸치지 않고 거리를 걷는 것만큼이나 부끄러움을 느끼게 될 것이다. 그러므로 글의 완성은 퇴고에 있음을 명심해야 한다.

퇴고를 할 때 크게 다섯 가지 항목들을 버려야 한다.

첫 번째, 유행어를 썼다면 버려라.

유행어로 만든 문장은 유통기한이 짧다. 예를 들어 '갑분싸', '대박' 이런 단어를 사용해 문장을 만들었을 때 1년만 지나도 오래된 느낌을 준다. 말 그대로 유행일 뿐이다. 시간이 흐르면 지금 유행어의 인기는 사그라지기 마련이다. 당신의 책이 5년, 10년 뒤에도 읽게 만들고 싶다면 유행어를 이용한 글쓰기를 피해야 한다.

두 번째, 중복된 단어를 버려라.

단어의 반복은 중복된 문장을 만들게 된다. 중복된 단어의 문장은 독자의 피로를 높인다. 뿐만 아니라 중복된 단어는 만들게 되며 결국 책의 지면 낭비를 부른다.

세 번째, 의미 중복 문장을 버려라.

한 번 더 같은 문장을 쓰면 작가의 주장을 강조해서 이해시키고 설득한다고 생각할 수 있지만 독자를 지치게 할 뿐이다. 제발 독자를 지치게 하지 마라.

네 번째, '~것'과 '~의'를 버려라.

'~것'과 '~의'는 문장의 흐름과 리듬을 늘어뜨리는 주범이다. 특히 '것'의 남용을 피해야 한다. 자신이 없는 표현 중 하나로 보이기 때문에 피해야 한다. 덮어놓고 문장의 '것'을 지우라는 말이 아니다. 대체 가능한 '것'을 지우라는 말이다. '~먹어야 한다'가 아닌 '~먹을 것이다'는 글에 자신이 떨어진다. 이런 '것'의 표현이 많아지면 책의 신뢰도 함께 떨어진다.

다섯 번째, 접속부사를 지워라.

우리가 어색하다 느껴서 그렇지 사실 '그래서, 그러므로, 그리고, 또'와 같은 말이 없어도 문장은 이어진다. 필요 이상으로 많이 쓰고 있는 접속부사를 빼면 매끄러운 문장이 만들어지며 프로는 접속사가 많이 들어간 문장을 만들지 않는다.

여섯 번째, 필요 없는 문장 부호는 지워라.

불필요한 문장 부호 역시 글의 리듬을 해칠 뿐만 아니라 피로를 높인다. 필요 이상으로 문장에 부호를 사용했다면 과감히 지운다. 여기저기 흩어졌던 단어를 모으고 필요 없는 표현은 과감하게 버려야 한다. 이 과정을 통해 초고의 상당 부분이 사라지게 된다. 힘들게 썼던 문장이니 당연히 아깝고 지우기 싫을 수 있으나 과감한 결단이 필요하다.

일곱 번째, 잦은 외래어 사용을 피하라.

반드시 사용해야 하는 경우가 아니라면 외래어 사용은 피하는 게 좋다. 우리말로 대체해 그 의미가 전달된다면 외래어는 바꿔 쓰는 게 좋다.

엘레강스 – 우아함, 고상함

파워풀 – 힘찬

다이나믹 – 생동적, 역동적이다

소프트 – 부드러운, 연한, 매끄러운

웨이팅 – 기다리는 시간

스트로우 – 빨대

모던 – 현대적

클래식 – 고전적

빌지 – 계산서

프로모션 – 판촉, 홍보

여덟 번째, 어려운 한자 사용은 피하라.

한글만 가지고는 표현이 어려운 경우 한자 또는 전문용어를 사용한다. 단, 한자를 넣지 않아도 충분히 한글로 표현 가능하며 읽기에 문제가 없다면 사용하지 않는다. 필요 이상의 한자어는 읽기 불편할 뿐이며 피로가 쌓인다. 꼭 필요한 경우에만 사용하도록 한다.

아홉 번째, *One Message*를 빼고 모두 버려라.

너무 많은 이야기와 메시지를 전달하는 것은 좋지 않다. 독자가 이해하기 힘들뿐더러 글을 쓰는 도중 방향을 잃어버리기 십상이다. 마치 이 말 저 말 얘기하다 '그런데 내가 지금 무슨 말을 하려고 했던 거지?' 하는 모습과 같다. 하나의 소목차에 여러 가지 메시지를 주기 시작하면 글 중심 내용이 흩어져 초점이 없어진다. 많은 이야기를 한꺼번에 하기 보다는 하나의 메시지에 집중해 쓰는 편이 훨씬 간결하고 힘이 있다.

열 번째, '~라고 생각한다', '~것 같다' 표현을 버려라.

책을 읽는 독자가 작가를 신뢰하지 못한다면 이것처럼 슬픈 일도 없다. 글을 쓸 때 자신의 생각이나 무엇인가를 드러내기 위해 '~라고 생각한다.' 혹은 '~라는 것 같다.' 혹은 '~라고 할 수 있을 듯하다.'와 같은 표현은 자신의 생각을 분명하게 드러나지 않을뿐더러 시간이 지남에 따라 자신감이 떨어져 보이며 책에 대한 신뢰를 점차 떨어뜨려 피하는 게 좋다.

이외에도 필요 이상으로 많이 쓰는 접속사가 있다. 사실 접속사가 없어도 매끄러운 문장이 많다. 우리가 필요 이상으로 접속사를 많이 써왔을 뿐이다.

좋은 문장을 만들고 싶다면 힘들게 써놨던 문장이라 할지라도 과감하게 버릴 줄 알아야 한다. 그래야 못난이 글이 더 좋은 문장으로 만들어지게 된다.

다시 한 번 강조하지만 퇴고 과정을 거치지 않고는 결코 좋은 글이 만들어질 수 없다. 당신에게 쉬운 글이라도 독자의 기준으로 봤을 때 어려운 글이라면 고쳐 써야 한다. 어려운 글이 작가 본인에게 만족을 줄지 몰라도 독자의 따뜻한 시선을 기대하기란 어렵다.

Check Point

나쁜 문장을 만드는 조건

의미중복	지시어	접속사	외래어
유행어	~것, ~의	긴 문장	한자어

이것과 같은 말을 많이 쓸수록 글이 부족하고 서툰 느낌을 준다. 어색한 느낌이 들어도 최대한 줄여가며 글을 써야 한다.

반복은 바위도 뚫는다

모든 성공의 결과에는
반복이 숨어 있다.

어느 보석상이 세계 여러 나라를 여행하던 중

한 나라에서 고가의 보석 하나를 샀다.

값비싼 보석을 산 보석상은 본국으로 가지고 가면

자신이 보석을 구입했던 가격보다 훨씬 더 비싼 값으로

되팔 수 있을 것 같았다. 그런데 보석상은 자신의 나라로

돌아와서야 보석에서 작은 흠집을 발견했다.

'이런 어쩌지? 그 나라로 다시 날아갈 수도 없고.'

그대로 보석을 판다면 큰 손해를 볼 게 뻔했다.

보석상은 고민했다.

'어떻게 하면 이 보석을 다시 원래의 가치로 되돌릴 수 있을까?'

한참을 고심 끝에 그는 기대에 찬 미소를 띠며 말했다.

'그래! 보석에 장미꽃을 조각하는 거야!'

결정을 내린 후 그는 보석의 작은 흠에 장미꽃을 조각하기 시작했다. 그는 장미꽃이 새겨진 그 보석을 경매에 내놓았다. 그러자 놀라운 일이 벌어졌다. 흠집에 새긴 장미꽃 보석이 역대 최고의 경매가로 팔려나간 것이다.

새해가 되면 몸을 만들겠다, 다이어트를 하겠다는 다짐과 헬스장 회원 가입자 수가 늘어난다. 재미있는 점은 한 달, 두 달 지나면 회원들의 헬스장 출석일이 크게 줄어든다는 것이다. 그렇게 몇 달만 지나면 한 달에 한 번 헬스장을 가는 날도 손에 꼽을 정도가 된다. 많은 사람들이 이 같은 사실과 운동이 필요하다는 사실을 알고 있지만 꾸준함과 반복이 어려워 포기하고 있다.

한 번이라도 퇴고를 진행해 본 사람은 안다. 퇴고가 어려운 이유를. 퇴고가 어려운 이유는 오타를 찾아내고 잘못된 문장을 고치며, 좀 더 정갈하게 만들기 힘들어서가 아니다. 반복이다. 바로 원고를 반복해서 계속 고쳐야 하는 점이 힘들다. '기준'에 맞추고 '완벽'에 맞추려다 보니 반복하게 된다.

반복하는 가운데 지침이 찾아오고 감정과 체력은 바닥난다.

그러나 당신이 책에서 말하는 과정의 내용을 착실히 잘 따랐어도 반복해 고치는 퇴고 작업을 하지 않으면 좋은 책을 기대하기란 어렵다.

이 책의 제목이 《10일 안에 쓰고 100일 동안 고친다》처럼 '쓰기'보다 '고치기'가 훨씬 중요하다. 빠르게 10일 안에 초고를 완성했지만 그보다 10배는 더 시간과 노력을 들여 퇴고에 힘을 쏟아야 한다.

안타깝게도 단숨에 글 실력과 써놓은 글이 좋아지는 일은 없다. 그런 비법도 없다. 부드러운 물이라 할지라도 계속 떨어지며 바위를 뚫는다. 비법이 있다면 반복의 고통 가운데 얻는 실력뿐이다. 곧 책 쓰기는 고침의 반복이다. 헤밍웨이 역시 《노인과 바다》를 400번 이상 고쳤다.

자신이 써놓은 글을 퇴고할 때 주의 깊게 봐야 할 점은 다음과 같다.

읽기 쉬운가?

읽기 편하지 않다면 좋은 문장이 될 수 없다.

문장이 자연스럽고 앞과 뒤 문장이 어색하지는 않은가?

좋은 문장, 좋은 글이란 구성이 자연스럽다.

논리가 있는가?

자신만의 생각과 주장으로 가득한 글은 모두에게 외면당하기 쉽다.

독자를 기만하는 느낌을 주고 있지는 않은가?

작가는 독자에게 신뢰를 주어야 하고 그 신뢰로 먹고 산다.

오타는 없는가?

오타를 줄이는 일은 기본이며 오타가 많아지면 글의 신뢰가 떨어진다.

전체 문장이 자연스럽고 주제를 벗어나지는 않은가?

읽기 편하고 재미를 주는 글이라 할지라도 주제를 벗어난다면 결코 좋은 글, 작가라 할 수 없다.

모든 위대한 것들은 반복의 결과다. 운동이든, 학문이든, 기술이든 반복의 고통에서 얻은 열매다. 무엇이든 손쉽게 얻을수록 쉽게 사라진다. 반복 가운데 만들어진 책은 기억 속에 오래 간직되며 능력의 깊이를 갖게 한다.

이 장 앞에서 보석상 이야기로 시작했다. 값비싼 보석은 당신이 지금 쓰고자 하는 내용이다. 보석의 흠집은 당신이 가지고 있는 보석을 세공하는 과정을 거쳐야 하는 순간을 말한다. 아무리 값비싼 다이아몬드가 있다 하더라도 원석을 보석으로 만드는 세공 과정이 없다면 그 가치를 제대로 인정받을 수 없다. 세공 후 다이아몬드는 그 가치가 수십 수백 배가 뛰게 된다. 탈고는 초고를 세공하는 것과 다름없다.

Check Point

앞에서 한 번 거꾸로 세 번!

퇴고의 질Quality을 높이는 Tip은 보통 퇴고를 시작하면 앞에서 한 장씩 넘겨가며 원고의 잘못된 점을 찾아가며 고치게 된다.

나는 거꾸로 고치라고 권한다. 이유는 앞에서부터 고치기 시작하면 어차피 앞부분은 신경 쓰지 않아도 많이 보게 되어 있다. 그러나 뒤로 갈수록 점차 체력도 떨어지고 반복된 피로 때문에 신경이 덜 쓰이게 된다. 이렇게 되면 원고의 앞부분은 수준 높은 글이라 할지라도 뒤로 갈수록 점차 기대 이하 수준으로 떨어질 확률이 높아지게 된다.

그래서 거꾸로 고치도록 권한다. 원고를 10번 고친다고 했을 때 5번은 뒤에서부터 고치도록 한다. 제발 앞 장만 고치지 마라.

보충수업

글에는
향기가 남는다

화향백리花香百里,

주향천리酒香千里,

인향만리人香萬里

꽃의 향기는 백 리를 가고

술의 향기는 천 리를 가지만

사람의 향은 만 리를 간다.

언젠가 소나무가 가득한 산길을 걸었던 적이 있다. 솔 내음이 가득하다 못해 산 전체가 향수 공장 같다는 착각이 들었다. 솔 내음을 맡아본 사람은 안다. 한 번의 솔 내음이 주는 상쾌한 기분을. 그 한 번의 향기가 복잡했던 머리와 마음을 얼마나 차분하게 가라앉히는지.

향은 코로만 느낄 수 있는 게 아니다. 눈과 마음으로도 맡을 수 있다. 코로 맡는 냄새만이 향이 아니다. 그 사람의 사소한

말투와 행동, 표정과 눈빛에도 향기가 있다. 향기 있는 사람에게 있으면 같이 있는 사람에게도 좋은 향이 배기 마련이다.

글도 마찬가지다. 좋은 책을 보면 글에 배인 좋은 향을 맡게 되고 어느 순간 좋은 사람이 되어 간다. 좋은 글이 향기를 만들어 낸다. 사람의 몸에 저마다 자신만의 체취가 있듯 글에도 향기가 있다. 어떻게, 어떤 마음으로 글을 쓰느냐에 따라 향기가 달라진다. 진정 내 글을 읽는 이의 마음을 생각하고 변화를 기대하며 쓴다면 글에도 향기 나기 마련이다.

독자들을 생각하고 그들의 어려움을 함께 느끼고 고민하여 글을 쓴다면, 사소하고 투박하며 멋스럽지 않은 말일지라도 그 말은 공감과 위로를 준다. 내가 가지고 있는 향기가 중요하다. 구태여 내 것 같지 않은 미사여구는 필요 없다. 내가 줄 수 있는 향을 책에 담아야 한다.

글을 쓰게 되면 자신의 생각이 담기기 마련이다. 뿐만 아니라 자신의 가치관이 담기게 된다. 글을 읽는 독자는 당신의 생각과 가치관을 바라보며 책에서 오는 당신의 향기를 맡게 된다.

좋은 글은 어떤 글인가?

모두가 말하는 좋은 글의 정의는 짧게 쓰고, 명료해야 하며 누가 봐도 알아보기 쉬워야 한다. 전부 맞는 말이지만 내가 생각하는 좋은 글의 정의는 조금 다르다. 글을 짧게 쓰고 명료하며 보기 편한 글을 부정하는 게 아니다.

글에는 조금 더 따뜻함이 있어야 한다. 차가움보다는 온기가 느껴지는 글. 단순히 눈에 보이는 이익과 요령, 상술만으론 안 된다. 고민과 아픔, 즐거움을 나눌 수 있는 마음이 있어야 한다.

어느 거지가 거리 한 복판에 앉아 구걸하며 앉아 있었다. 거지의 목에는 "저는 앞을 못 보는 맹인입니다"라고 적힌 팻말을 걸고 있었다. 그러나 어느 누구도 그 거지의 깡통에 돈을 넣는 사람은 없었다. 얼마 뒤 한 남자가 다가왔다. 그리고 거지의 목에 걸린 팻말을 말없이 뒤집어 뭔가를 쓴 뒤 말없이 그 자리를 떠났다. 그 남자가 떠난 뒤 얼마 지나지 않아 거지의 깡통에는 돈이 쌓이기 시작했다. 팻말에는 이렇게 적혀 있었다. "봄이 왔습니다. 하지만 저는 그 봄을 볼 수가 없네요." 문구를 바꿔 적은 사람은 앙드레 브르통으로 프랑스의 시인이었다.

책을 쓰는 행위는 단순히 글과 정보만을 모아 놓는 일이 아니다. 자기 자신의 성장인 동시에 배움이며 타인을 사랑하는 인류애적 나눔이다.

자신의 실패와 치부를 보여줘서라도 책을 읽는 독자가 더 나은 삶을 살 수 있기를 바라는 마음, 바로 사랑이다. 결국 '쓰기'란 '진심'에 닿게 하며 사람과 사람을 사랑하는 힘을 발견하게 한다.

책을 쓰는 모두는 그렇게 사랑을 가지고 글을 써야 한다. 얼마나 다른 사람을 도와주며 아픔을 이해하려 하는지, 부모가 태어난 아이의 꼬물 거는 손을 만지며 다짐하는 듯, 타인을 위한 선한 마음을 책에 담아야 한다.

총과 칼보다 펜이 강한 이유는 마음을 움직이기 때문이다. 타인을 위한 순수한 사랑을 글로 담았을 때 진정한 필력은 만들어지며 글쓴이만의 향이 담긴 글이 된다. 결국 선한 마음을 담은 좋은 글은 인향만리와 같다.

따라 해볼 수 있는 책을 쓰고 싶었다. 이것이 이 책을 쓰게 된 이유다. 책꽂이에 꽂혀 있는 관상용이 아닌 만지며 가지고 놀 수 있는 책을 선물하고 싶었다. 단순히 지식만을 전달하는 책이 아닌 함께 교감하며 나누고 싶었다. 그런 의미에서 모든 책은 만남이다. 사람과 사람이 만나 이야기하듯 책 역시 문자로 만나는 만남이다.

책은 슈렉이 찾아 떠났던 '겁나 먼 왕국'으로 가는 어려운 만남이 아니라 지적 여행을 추구하는 만남이다. 또한 다른 누군가의 성장을 미리 만나는 일이다. 더불어 세상에 책이 나오든 나오지 않든 무언가를 쓰고 있다는 말은 누군가의 스승이자 멘토로 만남을 가질 수 있다는 말이 된다. 또 누군가는 그 만남을 통해 평생을 살아갈 용기와 힘을 얻는다.

그래서 책은 단순히 책 한 권이 아니다. 옛 뱃사람들은 밤 하늘에 떠 있는 북극성을 보고 방향을 판단하여 항해를 했다. 지금도 밤에 산속이나 낯선 곳에서 아무런 도구 없이 길을 잃는다면 북극성을 찾아 방향을 판단한다.

나는 이 책이 당신에게 방향을 알려주는 북극성이 되면 좋겠다. 욕심을 낸다면 당신도 길 잃어 방황하는 또 다른 누군가의 북극성이 되어주길 바란다. 그래서 머지않아 우리 각자의 책으로 인사 나누는 날을 기대한다.

부록

따라 하면
책의 뼈대가 되는
원고 시트

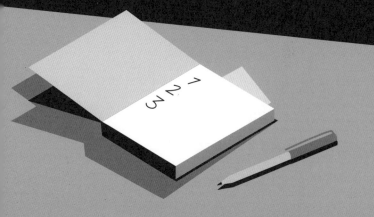

따라 하면 딱!
만들어지는 원고 콘셉트

* 따로 노트를 준비할 것 없이 책의 지면에 직접 써보며 콘 셉트를 만들기 바란다.

쓰고 싶은 주제에 대해서 스스로 한계를 긋지 말고 자유롭게 적어본다.

1. 주제 찾기 질문 리스트

1) 내가 책을 쓰려는 이유는?

2) 나는 ○○○을 싫어한다.

3) 내가 싫어하는 단어는?

4) 나의 단점은 ○○○이다.

5) 살아오면서 가장 행복했던 순간 / 사건은?

6) 내가 가장 오래 해온 일은 무엇인가?

7) 그 일을 선택한 이유는?

8) 사람들은 나를 어떻게 소개하는가?

9) 인생을 살면서 가장 큰 성과 / 보람을 느꼈던 순간은?

10) 어떤 종류의 책이 가장 많은가?

11) 어린 시절 나는 어떤 사람이었나?

12) 새로운 일을 하고 싶다면 어떤 일인가? 그 기준은?

13) 돈, 시간 어떤 제약도 없다면 하고 싶은 일은 무엇인가?

14) 지금 새롭게 배우고 싶은 것이 있는가?

15) 나의 강점은?

16) 내가 행복을 느끼는 순간은?

17) 내 책에 담고 싶은 메시지는?

18) 내 책을 누가 읽었으면 좋겠는가?

19) 오늘 죽는다면 어떤 일을 하고 싶은가?

20) 위 질문의 고객(독자)이 필요하게 느끼는 부분은 무엇이라고

생각하는가?

2. '나'에게서 주제 찾기

1) 쓰고 싶은 주제 쏟아내기

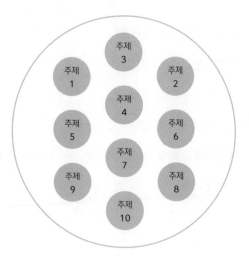

좋아하는 것

먹는 것, 게임, 아이폰
쇼핑, 바이크
수면, 친목 모임

지금 쓰고 싶은 것

남자, 여자 심리
일상, 성공, 돈, 아이

싫어하는 것

공부, 소음, 차 막힘
수다, 마이크

2) 쓰고 싶은 주제 항목 줄이기

주제 1
주제 2
주제 3
주제 4
주제 5
주제 6
주제 7
주제 8
주제 9
주제 10

좋아하는 것 / 잘하는 / 관심 있는

Ex) 먹는 것 - 그중에서도 치킨

왜냐하면 _____

1. _____

2. _____

3. _____

4. _____

5. _____

싫어하는 것 / 불편한 / 어색한

Ex) 계산과 거절

왜냐하면 _____

1. _____

2. _____

3. _____

4. _____

5. _____

3. 쓰고 싶은 주제에서 항목을 줄여

구체적인 주제로 만들어간다.

쓰고 싶은 주제 : 먹는 것, 스트레스

주제에 대한 소재 : 음식, 운동, TV, 습관, 야식, 회사, 야근, 고기, 식습관, 야채, 식단, 유혹, 비만, 건강, 몸매, S라인, 자신감, 다이어트

_____

_____

_____

_____

_____

_____

_____

_____

4. 3번까지 내용을 기준으로 제목 50개 이상 쓰기

(자유 형식이지만, 실제 서점에서 만나게 될 당신의 책을 상상하며 제목을 지어라.)

1. _____

2. _____

3. _____

4. _____

5. _____

6. _____

7. _____

8. _____

9. _____

10. _____

11. _____

12. _____

13. _____

14. _____

15. _____

16. _____

17. _____

18. _____

19. _____

20. _____

21. _____

22. _____

23. _____

24. _____

25. _____

26. _____

27. _____

28. _____

29. _____

30. _____

31. _____

32. _____

33. _____

34. _____

35. _____

36. _____

37. _____

38. _____

39. _____

40. _____

41. _____

42. _____

43. _____

44. _____

45. _____

46. _____

47. _____

48. _____

49. _____

50. _____

5. 내 책을 통해서 하고 싶은 말을 정리한다.

내 책을 통해 하고 싶은 말은…

_____

_____

_____

_____

                                            이다.

_____

6. 내용 형태 정하기

5번 내용을 기준으로 에세이, 자기계발, 산문집 형태로 쓸지를 결정한다. (본인의 평소 성향이나 쓰고자 하는 글의 형태를 기본으로 정하는 것도 나쁘지 않다.)

수필(에세이) – 형식이나 규칙을 따르지 않고 자유롭게 자신의 생각이나 인생 또는 일상생활을 쓴 글.

자기계발 – 기술, 재능 또는 사회 트렌드를 반영해 새롭게 알려주며 쓴 글.

194

산문 - 수필, 기행문 등 형식에 얽매이지 않고 자유롭게 쓴 글을 모아 엮은 글.

7. 글의 구조 만들기

만들어진 제목에서 담고 싶은 메시지는 어떤 것들이 있는가?
크게 3개의 그룹으로 만들고 각 그룹별 어떤 형태와 이야기를 넣을지 정리한다. (여기서는 예시를 3개로 만들었을 뿐이다. 꼭 3개로 만들 필요 없다.)

Group A - 담고 싶은 전체 메시지

1. (자세하게 말하고 싶은 메시지) _____

2. _____

3. _____

Group B - 담고 싶은 전체 메시지

1. (자세하게 말하고 싶은 메시지) _____

2. _____

3. _____

Group C – 담고 싶은 전체 메시지

1. (자세하게 말하고 싶은 메시지) _____

2. _____

3. _____

8. Group을 큰 목차, Group 안의 메시지를
작은 목차로 하고, 한마디로 짧게 정리한다.

목차별 요약

목차별 하고 싶은 이야기를 한 마디로 설명하면?		
큰 목차	⋯⋯⋯⋯⋯⋯⋯⋯⋯⋯⋯⋯	작은 목차 1 작은 목차 2 ：
목차 2	⋯⋯⋯⋯⋯⋯⋯⋯⋯⋯⋯⋯	작은 목차 1 작은 목차 2 ：

9. 책에서 말하고자 하는 내용을 압축해 서문 흐름을 만든다.

1) 서문의 전체 큰 흐름

주제에 대한 인식 및 쓰게 된 계기

현재 상황과 문제 제기

책을 통해 얻게 될 이익 /책을 읽어야 하는 이유

책을 읽는 방법

책을 통한 바람/ 독자의 모습

2) 기본 서문 프레임 만들기

- 첫 문장을 어떻게 시작할 것인가?

　〈청첩장을 기억하라〉 참고

- 주제에 대한 인식 및 책을 쓰게 된 계기

　이 책을 왜 쓰게 되었는가?

- 현재 상황과 문제 제기

　책을 쓰는 동안 겪었던 순간(어려움, 즐거움, 특별함)

- 책을 통해 얻게 될 이익과 지금 읽어야만 하는 이유

　왜 읽어야 하는가?

- 내가 쓴 책만의 읽는 방법과 규칙

- 책을 통해 활용할 수 있는 게 있다면?

- 책을 통한 바람이 있다면?

　이 책을 통해 독자에게 기대하는 바람이 있는가?

10. 비교 도서 최소 3권 이상을 찾는다.

지금 쓰려고 하는 나의 책과 장단점을 구분한다.

예)

비교 도서 A

좋은 점 : 전문 도서로 오랜 시간 준비하고 공을 들여 신뢰할 만한
책. 책의 구조가 잘 나뉘어져 있어 작가의 주장하는 내용
의 방향을 잃지 않고 잘 따라가며 읽을 수 있음.

아쉬운 점 : 전문가적인 느낌으로 신뢰할 만하지만 일반인이 이해
하기에 다소 어렵게 느껴짐.

비교 도서 A

좋은 점 :

아쉬운 점 :

비교 도서 B

좋은 점 :

아쉬운 점 :

비교 도서 C

좋은 점 :

아쉬운 점 :

11. 내 책을 구입해야 하는 이유는 무엇인가?

12. 책을 쓰기 위해서 필요하다 생각되는 분야는 무엇인가?

13. 12번 질문의 참고할 책은?

1.

2.

3.

4.

5.

6.

7.

8.

MEMO

MEMO

10일 안에 쓰고
100일 동안 고친다

초판 1쇄 인쇄 _ 2020년 8월 5일
초판 1쇄 발행 _ 2020년 8월 10일

지은이 _ 추교진

펴낸곳 _ 바이북스
펴낸이 _ 윤옥초
책임 편집 _ 김태윤
책임 디자인 _ 이민영

ISBN _ 979-11-5877-185-0 03800

등록 _ 2005. 7. 12 | 제 313-2005-000148호

서울시 영등포구 선유로49길 23 아이에스비즈타워2차 1005호
편집 02)333-0812 | 마케팅 02)333-9918 | 팩스 02)333-9960
이메일 postmaster@bybooks.co.kr
홈페이지 www.bybooks.co.kr

책값은 뒤표지에 있습니다.
책으로 아름다운 세상을 만듭니다. ― 바이북스

미래를 함께 꿈꿀 작가님의 참신한 아이디어나 원고를 기다립니다.
이메일로 접수한 원고는 검토 후 연락드리겠습니다.